KB032954

제리엠 게임판타지 장편소설
WISHBOOKS GAME FANTASY STORY

# 힐통령
## 태양의 사제

# 힐통령
## 태양의 사제 11

제리엠 게임판타지 장편소설

초판 1쇄 찍은 날 | 2019년 7월 23일
초판 1쇄 펴낸 날 | 2019년 7월 30일

지은이 | 제리엠
펴낸이 | 예경원

기획 | 위시북스
편집책임 | 이규재
편집 | 위시북스

펴낸곳 | 예원북스
등록번호 | 제396-2012-000132호
등록일자 | 2012. 7. 25
KFN | 제1-447호

주소 | 경기도 고양시 일산동구 호수로 646-24 위너스21Ⅱ빌딩 206A호 (우)10401
전화 | 031-819-9431 팩스 | 031-817-9432
E-mail | yewonbooks@naver.com

ISBN 979-11-6424-596-3 04810
      979-11-89450-74-8 (set)

제리엠 게임판타지 장편소설
WISHBOOKS GAME FANTASY STORY

# 힐링령 11

## 태양의 사제

Wish
Books

# 힐 통령

## 태양의 사제

# CONTENTS

# 75장
# 혼자 다 해 먹는 놈(2)

영상을 보던 모든 유저들은 숨이 턱하니 막히는 것을 느꼈다. 마치 잠을 자다가 가위라도 눌린 것 같은 기분. 자신의 가슴 위에 무거운 돌덩이를 얹어놓은 것 같은 압박감이 그들을 짓눌렀다.

만약 카이가 적당히 대단했다면, 그리고 유저들이 적당히 놀랐다면 채팅창은 진작 불이난 것처럼 시끄러워졌을 것이다. 하지만 그가 등장과 함께 선보인 것은 이미 '적당'이라는 수준을 아득히 넘어선 것이었다.

그 때문일까. 채팅창은 고요했다. 마치 글을 쓰면 죄가 되기라도 하는 것처럼.

-저기…… 지금 채팅창 렉 걸린 거 아니지?

궁금증을 참지 못한 누군가가 조심스럽게 물었다. 그러자 강물을 막고 있던 둑이라도 터진 것처럼, 채팅들이 주르륵 올라오기 시작했다.

-아!

-꼭 이렇게 눈치 없는 놈들이 하나씩 있어요.

-지금 다들 감동하면서 언노운한테 존경심을 표하고 있는 거 안 보여?

-후우. 하지만 고맙다. 덕분에 압박감에서 벗어남.

-아니, 됐고. 저거 사람 맞아? 쿼드라플 캐스팅이라니! 진짜 슈퍼컴퓨터가 유저인 척하는 거 아니냐?

-크리스 말고 저 기술을 사용할 수 있는 작자가 있을 줄이야.

-심지어 잰 마법사도 아님. 저 새끼 성기사야ㅋㅋㅋㅋ

-마법사들은 진짜 현자 타임 오지게 올 듯ㅋㅋㅋㅋㅋㅋㅋ 성기사보다 연산 능력ㅋㅋㅋㅋ 딸려ㅋㅋㅋㅋ

-이번에 230레벨 넘긴 마도사다…… 진심 캐삭하고 싶다…….

-전사라서 행복합니다. 전사라서 행복합니다.

-하…… 진짜 재능빨 망겜 수준…… 누구는 더블 캐스팅도 180레벨 넘어서 겨우 했는데…….

셀 수도 없이 많은 글들이 채팅창을 메우기 시작했다. 신기한 건 글 작성자들의 심리 상태가 눈에 훤히 보인다는 것이었다.

그것은 다름 아닌 '흥분'과 '전율'. 그 두 가지 감정은 랜선 너머에서도 느낄 수 있을 정도로 강렬했다.

일찍이 하늘이 내린 재능이라 불리던 마법사 랭킹 1위 '크리스'. 오직 그만이 선보였던 것이 바로 쿼드라플 캐스팅이었다. 그 누가 예상, 아니 생각이나 해보았겠는가.

"……설마 언노운이 쿼드라플 캐스팅 유저였을 줄이야."

"어버버버……."

입술을 질끈 감으며 중얼거리는 설은영 옆에서, 보이드는 뒷목을 잡은 채 게거품을 물고 있었다.

"쿼, 쿼드…… 쿼, 쿼드…… 커어어억!"

쿠웅!

설은영은 뒤로 넘어가는 보이드를 잡아줄 생각은커녕, 오히려 슬쩍 옆으로 물러나며 그가 자신에게 닿지 않게끔 피했다.

'워리어스의 숨겨진 패가 카이였다고?'

한 차례 배신감이 그녀의 몸을 휘감았지만, 그녀는 고개를 흔들었다.

'아니, 사적인 감정에 휘둘리지는 말자. 설은영.'

애초에 처음부터 자신이 그에게 말했었다. 매니저 계약은 말 그대로 천화가 그에게 보여주는 호의일 뿐. 그것에 대해서는 그 어떤 책임감을 느낄 필요가 없다고.

'아마 자신의 이미지가 굳어질 것을 경계한 거겠지.'

만약 자신이 한정우의 입장이었다고 해도, 자신은 같은 선택을 했을 것이다.

애초에 그녀가 태어난 곳 자체가 그런 밀림이었다. 친남매, 자매들조차 쉽게 믿을 수 없는 잔혹한 정글. 그녀는 그런 곳에서 태어났고, 한 차례 패배하였다.

'그래서 나는……'

형제자매들 중 누구도 관심을 갖지 않은, 미드 온라인에 모든 것을 걸었다. 결과는 성공적이었다. 미드 온라인 열풍은 세계를 휩쓸었고, 그녀는 그곳에서 열 손가락 안에 드는 세력의 주인이 되었다.

'하지만 이것만으로는 부족해.'

친오빠들은 호시탐탐 자신을 정략결혼의 말로 사용하고 싶어 했다. 그런 상황을 막기 위해선 계속해서 뛰어난 '실적'을 내어 할아버지의 눈에 드는 수밖에 없다.

"……되나요."

툭툭.

누군가가 한참 고민 중인 설은영의 왼팔을 흔들며 말했다.

"알게 뭐야. 그리고 누가 함부로 건드…… 아?"

고민에 하느라 찌푸려져 있던 설은영의 눈이 커다래졌다. 분명 자신의 오른쪽에는 보이드가, 왼쪽에는 유하린이 서 있었었다.

'그런데 왼팔이라고?'

설은영은 황급히 고개를 돌렸다.

"아……."

그리고 보았다. 투구의 눈가리개를 위로 올린 유하린의 맑고 투명한 눈을.

설은영이 보석처럼 빛나는 자신의 눈을 홀린 듯 쳐다보자, 유하린이 말했다.

"……레이드는, 이제 어떻게 되나요?"

옥구슬이 굴러가는 것 같은 청명한 울림. 겨울 날의 새하얀 눈처럼 순수한 목소리에 살짝 감명을 받은 설은영은 뒤늦게 정신을 차렸다.

"아, 걱정하지……."

'걱정하지 마세요.'

설은영이 늘 습관처럼 하던 말이었다. 그리고 그때마다 설은영은 그 말을 증명해 보였다. 그녀는 그 어떤 위기 상황에서도 자신이 원하는 결과를 끌어낼 만한 능력이 있는 여자였으니까.

하지만 지금은?

'……모르겠어.'

이미 시위는 당겨졌고, 화살은 자신의 손을 떠난 상태였다.

여기서 자신이 할 수 있는 것은 다른 사람들과 다를 게 없었다.

그저 기도하는 것이 전부.

"글쎄요."

설은영은 머릿속이 복잡해지는 것을 느꼈다.

천화의 성공을 위해 언노운이 실패했으면 하는 바람. 그리고 그와 계약한 매니지먼트의 대표로써 그의 커리어가 높아졌으면 싶은 바람.

절대 동시에 이루어질 수 없는 모순된 생각이 그녀의 머리를 어지럽혔다.

'당연히 그가 죽고 내 길드가 레이드를 성공시켜야 하는데……'

자신은 왜 이렇게 당연한 문제를 고민하고 있는 것일까.

설은영은 머리가 아파져오는 것을 느끼며 하늘을 쳐다봤다. 그곳에선 네 개의 광선이 지상을 향해 쏟아지는 중이었다.

네 개의 캐스팅. 그것이 의미하는 바는 간단했다. 동일한 시간에 다른 이들보다 네 배나 우월한 대미지를 뽑아낼 수 있다는 소리니까. 그것이 더블, 나아가서 트리플 캐스팅이 가능한 마법사들이 귀족 대우를 받는 이유였다.

'목표는…….'

허공을 빠르게 추락하는 카이의 시선이 한 곳으로 향했다.

푸른색 갑주를 입고 있는 두라스!

'물리 공격이 전혀 통하지 않는 녀석.'

바꿔말하면, 물리 공격이 아닌 모든 공격이 통하는 녀석이다. 카이는 네 개의 화포를 녀석에게 겨냥했다.

"빵."

동시에 네 개의 화포에서 뿜어진 빛의 광선들이 두라스의 몸을 신명나게 두드렸다.

콰아아아아아아아아아!

보통 사제의 신성 주문은 마법사의 4대 속성 주문보다 못한 취급과 대우를 받는다. 우선 신성이라는 단일 속성은 어둠 속성의 몬스터가 아닌 이상 큰 메리트가 없다. 게다가 마법사들은 모든 장비를 대미지 위주로 맞추는데 반해, 대부분의 사제들은 아군 서포트와 본인의 생존을 위주로 장비 옵션을 맞춘다.

그리고 가장 중요한 것은 바로 계수다. 스킬이 지니고 있는 본연의 대미지 계수. 마법사의 주문은 사제의 신성 주문을 압도한다. 그것이 일반적인 상식이었다.

'물론, 그 일반적인 상식이란 건 일반적인 직업 사이에서나 통용되는 거고.'

태양의 사제가 가장 처음 배우는 공격 스킬인 홀리 익스플로전. 얼핏보면 사제가 배우는 빛의 광선과 비슷하다.

비슷하지만, 딱 그뿐이다.

'비슷하다고 다 똑같은 건 아니지. 그건 호랑이랑 고양이가 같은 과니까 비슷하지 않냐고 묻는 거랑 마찬가지.'

무엇보다 카이가 이 기술에 대해선 가장 잘 알고 있다. 홀리 익스플로전의 파괴력은 맞아본 놈이 아니면 직접 사용해 본 놈만 알고 있으니까.

"커흐으어어억……!"

두라스의 체력이 순식간에 7%나 달아버렸다.

"마, 말도 안 되는 공격력!"

"진짜 말도 안 돼! 분명 두라스와 라두스는 어둠 속성의 몬스터가 아닐 텐데?"

전투를 지켜보던 유저들이 비명을 내지르며 현실을 부정했다. 물론 그들의 비명은 카이의 귓가에는 닿지 못했다.

"휴우……."

무사히 착지한 카이는 가슴을 쓸어내렸다.

'다행히 추락사는 면했구나.'

땅에 떨어지기 직전, 카이는 어릿광대의 신발이 지닌 스킬 '교란'을 사용했다.

모든 물리 에너지를 무시하고 해당 좌표로 이동하는 교란 스킬!

덕분에 그 어떤 충격도 없이 무사히 땅에 착지한 카이는 눈을 감았다.

'중력장의 압박은 이 정도인가.'

과연, 말로는 설명할 수 없는 불편함이 하나부터 열까지 느껴졌다. 몸을 움직이는 것이 답답한 것은 물론, 하다못해 숨을 들이쉬는 행위조차 답답하다.

'하지만…… 생각보다 할 만한데?'

카이는 예전 인어들의 왕국을 구할 때 물속에서 전투를 치러본 경험이 있다. 비록 지금의 중력장과 느낌이 똑같지는 않지만, 대강 비슷한 기분이 느껴지기는 한다.

'몸을 움직이는 건 대충 이런 느낌인가.'

헛둘, 헛둘.

카이가 국민 체조로 몸을 풀며 중력장에 익숙해지는 동안, 라두스는 고성을 토해냈다.

"감히! 일개 인간 따위가 뮬딘 님의 거룩한 뜻에 반항하는가! 얌전히 그분을 경배하라!"

"응, 안 돼. 헬릭한테 혼나."

짧은 대꾸로 입교를 거부한 카이는 보폭을 짧게 밟았다.

정신을 못 차리고 비틀되는 두라스를 순식간에 스쳐 지나가는 카이. 놈을 지나친 카이는 그대로 라두스에게 달려들었다.

"협……!"

라두스는 불쌍하게도 자신의 목덜미에 처박힌 검을 빼내느라 안간힘을 쓰고 있었다. 그런 상태에서 또박또박하게 말을할 수 있다니, 웅변 학원에 보낼 필요가 없는 인재다.

"어허, 넣어둬, 넣어둬. 그렇게 빨리 돌려주려고 고생할 필요는 없으니까."

"네놈……!"

카이는 자신을 노려보는 라두스에게 한 쪽 눈을 찡그리며 허공에 손을 뻗었다.

"성검, 프리우스 소환."

보통 신성 폭발과 성검 소환을 동시에 사용하면 신성력 소모 속도는 감당이 안 된다. 그래서 카이는 성검을 들고 있는 순간만큼은 이 세상 그 누구보다 부지런해져야 한다.

"흐읍!"

찬란하게 빛나는 빛의 검이 자신의 손아귀에 잡히는 순간, 카이의 팔은 자신을 억누르는 중력을 갈라내며 앞으로 튀어나갔다.

서걱, 서걱, 서걱!

카이의 몸이 춤을 추기 시작했다. 두 다리가 신명나게 스텝을 밟으며 황폐한 땅의 모래를 짓눌렀다. 그의 상체는 좌우로 열심히 회전하며 몸의 균형을 맞춰주었고, 하체로부터 올라온 힘을 그대로 전달받은 팔은 힘차게 휘둘러진다.

콰드드드득!

"커어억!"

부지런한 자에게 복이 있나니.

카이의 눈앞으로 연신 알림창이 떠올랐다.

띠링!


**[여명의 검법의 효과로 인해 신성력이 449 회복됩니다.]**

**[치명타 발동! 여명의 검법의 효과로 인해 신성력이 857 회복됩니다.]**


카이의 팔은 초당 두 번, 많을 때는 세 번까지 휘둘러졌다. 그리고 그 공격이 멈추지 않고 계속해서 이어지며 클린 히트한다는 가정 하에.

우우우우웅!

카이의 신성력은 절대로 마르지 않는다.

"크윽, 멋대로 날뛰다니."

뒤늦게 정신을 차린 두라스가 자신의 동료를 구하고자 검을 뽑아 들었다.

쩌저저저적!

그가 들고 있던 푸른색 검신 위로 하얀 서리가 내려앉기 시작했다. 참고로 라두스의 검에선 지옥의 겁화가 피어오른다.

'둘 중 뭐가 되었건, 한 대라도 맞는 순간 치명타야.'

자신이 들고 있는 침묵하는 냉기의 롱소드에서, 침묵을 빼면 딱 저런 검이 된다. 쉽게 풀어 설명하자면, 맞아서 좋을 것이 절대 없는 공격이다. 그리고 카이는 녀석이 자신에게 접근하지 못하게 만들 수 있는 수단이 있었다.

"홀리 익스플로젼."

"크윽, 치사하게 멀리서 공격을 하다니!"

"그럼 가까이 와."

카이의 주변에서 생성된 네 개의 신성 마법진이 돌아가며 두라스를 겨누었다.

'그리고 여기서······.'

딱!

카이의 엄지와 중지가 부딪치며 기분 좋은 소리를 냈다.

동시에 그의 등 뒤에서 등장하는 또 하나의 사제!

태양 분신이었다.

"저 녀석, 날려 버려."

카이가 구사한 쿼드라플 캐스팅을 가만히 쳐다보던 태양 분신의 주위로 마법진이 생성되기 시작했다.

하나, 둘, 셋, 넷······.

카이의 것까지 합쳐서 도합 여덟 개의 신성 마법진!

자신을 향해 돌아가는 네 개의 추가 마법진을 쳐다보던 두라스가 멍한 목소리로 중얼거렸다.

"인간 놈아. 이러는 게 어디 있냐?"

"여기."

콰아아아아아아!

여덟 개의 홀리 익스플로젼이 필드를 갈랐다. 평야를 가로지른 여덟 개의 빛줄기가 두라스의 몸을 차례대로 두드렸다.

콰아아아앙!

"크윽……."

일 격째. 왼쪽 어깨를 얻어맞은 두라스가 신음을 뱉어내며 뒤로 한 걸음 물러났다. 그가 정신을 차리기도 전에, 두 번째 빛의 광선은 그의 심장을 강타했다.

"커헉……!"

이번에는 뒤로 두 발자국.

아랫입술을 질끈 깨문 두라스가 두 다리에 가득 힘을 주며 땅에 박아넣었다.

쩌저저적!

단단한 땅바닥은 푸딩처럼 갈라지며 두라스의 두 다리를 받아들였다. 그것은 더 이상 뒤로 물러나지 않겠다는 굳센 의지의 표명. 하지만 카이의 공격은 정신력 하나로 버티기에는 너무나도 강력했다.

콰앙, 콰앙, 콰아앙!

광선에 얻어맞을 때마다 두라스의 몸은 실 끊어진 연처럼 휘청거리기를 반복했다. 어느새 그의 입가에선 침과 한데 섞인 피가 흘러내렸고, 두 눈에는 핏발이 가득 섰다.

"생각보다 잘 버티네."

두라스의 눈물겨운 노력과 분투를 쳐다보던 카이가 짤막하게 평가했다. 실제로 두라스는 예상보다 훨씬 잘 버티는 중이었다.

'홀리 익스플로젼 네 개의 대미지가 7%야.'

거기에 카이의 능력 70%를 물려받은 분신의 홀리 익스플로젼 네 개가 추가되었다. 두라스는 광선 콤보를 맞을 때마다 전체 체력의 12% 정도가 사라진다는 소리.

'게다가 홀리 익스플로젼은 피하기도 까다롭지.'

두라스 정도 되는 네임드 몬스터라면 웬만한 투사체 공격은 모두 쳐낼 수 있다. 카이가 '추적하는 빛의 화살'을 쏘아내지 않는 것도 그와 같은 이유였다.

'어차피 신성 화살 따위를 쏴봤자 모두 튕겨낼 게 분명해.'

하지만 홀리 익스플로젼은 빛의 광선이다. 빛을 쳐내기 위해선 마찬가지로 빛살과도 같은 빠르기가 필요하다.

'뭐, 언젠가 빛을 쳐낼 수 있는 몬스터가 나타날지도 모르지만……'

카이가 눈을 반짝였다.

"적어도 그게 지금의 너는 아니야."

맹공이 이어졌다.

"이놈!"

동료의 위기를 묵과할 수 없었는지, 뒤쪽의 라두스가 지옥의 겁화를 피워내는 검을 치켜들며 카이에게 달려들었다.

'둘이서 동시에 덤비면 성가신데.'

카이의 얼굴 위로 난감하다는 감정이 떠올랐다. 자신은 눈앞의 두 하수인에게 대미지를 줄 수 있는 수단과 방법이 있다. 하지만 그렇다고 동시에 덤벼들면 성가실 수밖에 없다.

'우선 라두스 녀석부터 떨어뜨려 놓는다.'

따악!

손가락을 튕기자 다시 한번 여덟 개의 신성 마법진이 돌아가며 홀리 익스플로전을 쏘아낼 준비를 마쳤다. 재사용 대기 시간이 없다시피한 홀리 익스플로전은, 카이의 신성력이 허락하는 한 무한하게 쏘아낼 수 있는 최고의 공격법이다.

"크르흑……."

두라스가 붉게 충혈된 눈으로 카이를 노려봤다. 물론, 그렇게 노려본다고 달라지는 것은 없다.

콰아아아아아앙!

두라스의 푸른 갑주가 여기저기 찌그러졌다.

"적당히 상대하면서 나한테 오지 못하게 해."

끄덕끄덕.

주인으로부터 명령을 받은 태양 분신이 당당하게 고개를 끄덕였다. 소환할 때마다 선행 스탯 5개를 지불해야 하는 녀석이지만, 그것이 아깝지 않다.

'녀석이 있고, 없고의 차이는 크니까.'

지금처럼 배후의 적을 차단하는 용도로만 사용해도 전투가 훨씬 수월해진다.

"자, 그럼 빨갱이 너는 나랑 놀아보자고."

"……어리석은 인간 녀석."

현재 라두스의 체력은 76%, 반면 두라스의 체력은 68%에 불과했다.

'동시에 처치해야 하니까, 피를 깎는 속도도 맞춰야겠지.'

두 하수인은 동시에 처치하지 않으면 무한하게 소생하는 녀석들이다. 카이는 그 사실을 항상 염두에 두며 전투를 속행했다.

화르르르르륵!

라두스가 휘두른 검이 카이의 귓볼을 스치고 지나갔다.


**[지옥의 겁화 '인페르노 소드'의 열기에 노출되었습니다.]**
**[10분 동안 화염 속성 저항력이 대폭 감소합니다.]**


"웅, 햇살의 따스함!"

디버프가 걸리는 순간, 신성마법진이 돌아가며 이를 해제한다. 라두스의 입장에서는 욕밖에 나오지 않는 상황!

"이런 성가신 인간이 있다니!"

억울함이 느껴지는 노성을 내지르면서도 검을 휘둘렀다.

'빠르네. 확실히 만만히 볼 녀석들은 아니야.'

카이는 라두스의 검을 쳐내면서 뒤쪽을 힐긋 쳐다봤다. 아무리 태양 분신이라고 해도, 자신의 능력치 70%만을 사용할 수 있는 녀석이다.

자탄의 두 하수인 중 하나인 두라스를 감당하기에는 역부족이라는 소리. 실제로 분신 녀석은 시종일관 뒤로 물러나면서 방어태세를 취하는 중이었다.

'속전속결. 하수인들을 처리한 후의 자탄 레이드까지 염두에 둬야 해.'

하수인들은 성가시긴 하지만 못 이길 정도는 아니다. 문제는 이 녀석들의 뒤에 도사리고 있는 자탄이다. 카이는 자신의 진정한 목표를 망각하지 않았다.

"그러니까 빠르게, 빠르게 가자고."

"인간 주제에, 건방지구나!"

입은 거칠었지만, 검을 휘두르는 라두스의 움직임은 발악에 불과했다. 스탯과 검술 숙련도, 심지어는 전투 경험까지도 카이가 압도적으로 우월했으니까.

'조연들은 빠르게 퇴장해 주는 게 예의지.'

카이는 라두스를 상대하면서도 여유가 남아 틈틈히 두라스에게 홀리 익스플로전까지 날렸다.

그렇게 정신없이 싸우기를 20분. 마침내 라두스의 체력이 43%, 두라스의 체력이 48%까지 떨어졌다. 놈들의 죽음이 가시권으로 들어온 것이다.

"음?"

모든 것이 평이하게 흘러갈 것 같던 순간. 카이는 주변의 공기가 갑자기 달궈지는 것을 느꼈다.

'갑자기 온도가 왜 이래? 라두스 녀석의 힘이 더 강해진 건가?'

신성 폭발을 사용하면 기본적으로 신체에서 열기가 뿜어져 나온다. 그것만으로도 더운데, 엎친 데 덮친 격으로 라두스는 지옥의 겁화를 다루는 기사형 몬스터였다.

'이열치열은 개뿔.'

더운 것과 뜨거운 것이 한데 합쳐지니, 느껴지는 건 말로 못할 고역뿐!

실제로 크게 지치지는 않았지만, 카이의 전신은 땀으로 젖은 상태였다.

'왜 갑자기 온도가 높아졌지?'

이유를 찾지 못한 카이가 고개를 갸웃거리는 순간. 라두스가 천천히 검을 들어 올렸다. 그 모습을 처음부터 끝까지 쳐다보던 카이는 말로 설명 못 할 기시감을 느꼈다.

'저 녀석. 뭔가가 달라졌…….'

촤악!

라두스의 움직임이 아까와는 조금 다르다고 생각한 순간. 지옥이 겹화를 두른 검이 카이의 뺨을 깊숙하게 베고 지나갔다. 얼굴에서 느껴지는 화끈한 감각과 함께 카이의 정신도 번쩍 돌아왔다.

'뭐야. 이 속도는!'

무언가 이상하다. 분명히 방금 전까지는 자신이 라두스를 일방적으로 밀어붙일 정도로 쉬운 상대였다.

'그 잠깐 사이에 몬스터가 레벨 업을 했을 리도 없고, 스킬 숙련도가 올라갔을 리도 없어.'

그렇다면 남은 가능성은 단 하나뿐이다.

'설마 하수인 놈들에게도 2페이즈가 있는 건가?'

그렇게 생각할 수밖에 없는 상황이다.

카이가 라두스를 경계하며 노려봤지만, 놈은 검을 길게 늘어트린 채 자신을 멀뚱멀뚱 쳐다보고 있었다.

콰아아앙!

"이런……!"

불행은 한 번에 온다고 했던가. 앞쪽의 라두스가 얌전하다 싶으니, 뒤쪽에서 폭발음이 들려왔다. 그리고 이 전장에서 폭발음이 들리는 경우의 수는 고작 하나뿐이었다.

'이건 태양 분신이 죽으면서 폭발하는 소리잖아.'

하지만 지금은 태양 분신의 죽음 따위를 애도할 겨를이 없었다.

'온다.'

아니나 다를까, 뒤쪽에서 무언가가 공기를 가르며 빠르게 접근했다.

채애애애애앵!

순간적인 기지를 발휘한 카이는 두라스의 공격을 가까스로 막아냈다. 가슴이 철렁할 정도의 한 수였다.

'두라스 녀석의 공격 속도도 빨라졌다!'

하지만 그것뿐만이 아니었다.

"역시 감각은 쓸 만한 놈이군. 아까의 내가 검을 휘둘렀다면 충분히 막았을 테지."

두라스의 낮은 목소리에는 이전에 당했던 굴욕으로 인한 분노가 녹아 있었다. 그리고 그 분노는 자연스레 자신이 쥐고 있는 검으로 흘러 들어갔다.

쩌저적!

"으으으……!"

두라스의 검을 막아내고 있는 성검의 검신 위로 서리가 내려앉기 시작했다. 동시에 카이의 온몸이 덜덜 떨릴 정도의 한기가 느껴졌다.

'젠장, 이 녀석의 힘도 강해진 건가? 아까까지는 라두스의 열기 때문에 추위가 잘 느껴지지 않았는데!'

동시에 검을 쥐고 있는 카이의 오른팔이 지진이라도 난 것처럼 부들부들 떨렸다.

'이 녀석, 지금 대체 힘 스탯이 몇인 거야?'

서걱!

결국 힘 싸움에서 밀려난 카이는 두라스의 검에 목을 허용했다. 카이는 목에서 분수처럼 터져 나오는 핏줄기를 막아내며, 그들과의 거리를 벌렸다.

띠링!

**[지옥의 서리 '글레이셜 소드'의 기운에 노출되었습니다.]**
**[10분 동안 냉기 속성 저항력이 대폭 감소합니다.]**

황급히 힐 스킬을 사용해 상처를 치료하고 디버프를 해제한 카이는 적들을 바라보았다.

'나는 태양 분신이 못해도 15분은 버텨줄 줄 알았어.'

그런데 고작 3분밖에 못 버티다니?

이건 예상을 벗어나도 한참이나 벗어난 수준이다.

'게다가 하수인 놈들 뭘 먹었는지 갑자기 강해졌지.'

카이의 머리가 빠르게 돌아가기 시작했다.

'미드 온라인에 대가 없는 보상은 없어. 이건 확실해.'

저들도 마찬가지일 것이다. 폭발적으로 성장한 공격력과 속도를 위해서, 무언가를 포기해야 했을 것이다.

'뭐지? 뭘 포기한 거지?'

눈을 씻고 찾아봐도 놈들에게서 달라진 점을 찾아볼 수는 없었다.

'우선 부딪쳐 보자.'

어차피 모르는 문제라면 스스로 부딪치고, 깨져가면서 터득해야 한다.

"솔라 필드."

지이이이잉.

바닥에 태양교의 문양이 새겨지며 일정 공간이 밝게 빛나기 시작했다. 이 공간 안에서의 카이는 모든 능력치가 골고루 상승한다.

'이걸로 간격은 어느 정도 메꿨을 터.'

검을 곧게 내세운 카이는 두 놈을 경계했다.

'녀석들이 다가오는 걸 기다리자.'

여기서 자신이 섣불리 움직여 봐야 놈들에게 포위되는 꼴이다.

"안 오는 건가? 그렇다면 이쪽에서 먼저 가지."

두라스가 카이를 도발했다.

"니네가 와. 기다리고 있는 거 안 보여?"

"……."

카이가 퉁명스레 대꾸하자, 두라스와 라두스가 살짝 당황한 표정으로 서로를 쳐다보았다.

'……뭐지?'

그 모습에서 카이는 다시 한번 기시감을 느꼈다.

'지금 저 두 놈이 동시에 달려들면 난 맥도 못 추리고 물러나야 하는데?'

저 녀석들도 바보가 아니니 그건 알고 있을 것이다. 하지만 왜 먼저 달려들지 않고 저렇게 눈치만 보고 있는 것일까.

"……정 그렇다면 이쪽에서 먼저 가도록 하지."

라두스의 검에서 지옥의 겁화가 다시 한번 피어올랐다. 그러자 두라스의 한기 때문에 오들오들 떨던 카이는 다시금 몸이 뜨거워지는 것을 느꼈다.

"이놈이고 저놈이고…… 중간은 없는 거냐고. 중간은!"

라두스의 검은 다시 봐도 빨랐다.

채애애애앵!

모든 정신을 놈의 검 끝에 집중한 뒤에야 겨우 쳐낼 수 있을 정도.

'이 녀석, 중력장의 영향도 안 받는 건가?'

자신은 여전히 중력장의 답답함에 허덕이고 있나. 하지만 라두스는 그런 제약 따위를 벗어던진 것처럼, 점프까지 병행하며 열심히 검을 휘둘렀다.

'그렇다고 이 녀석만 신경 쓸 수는 없어!'

카이는 라두스의 검을 황급히 쳐내면서, 빠르게 뒤쪽을 살폈다.

'지금쯤이면 두라스도 나를 공격하는 중…… 어?'

카이의 눈이 커졌다. 자신을 향해 달려들고 있을 거라 생각했던 두라스가, 얌전히 제자리에서 대기하고 있었기 때문이다.

'뭐야?'

머릿속이 복잡해지려던 순간, 라두스의 앞발이 카이의 갈비뼈를 그대로 차버렸다.

"커억!"

바닥을 뒹굴면서 멀리 날아간 카이는 머리카락이 쭈뼛 서는 것을 느꼈다.

'추워…… 춥다!'

두라스의 지옥 서리가 다시 한번 힘을 발휘한 것이다.

스프링처럼 몸을 튕기며 자리에서 일어난 카이는 상대를 보지도 않고 검을 휘둘렀다.

채애앵! 쩌저저저적!

다시 한번 성검이 얼어붙기 시작했다.

'이런, 발목 잡혔다!'

지금 등 뒤에서 라두스의 검이 날아들면 뼈아픈 상처를 얻게 될 것이다.

그 사실을 깨닫고 황급히 고개를 돌리는 카이.

"어……?"

놀랍게도 라두스는 조금 전 두라스가 그랬던 것처럼 제자리에 가만히 서 있었다. 그 장면을 보는 것과 동시에, 자욱한 안개가 덮고 있던 머릿속이 환해졌다.

'이 녀석들 봐라……?'

카이의 눈동자가 해변의 모래알처럼 반짝거렸다.

'한 놈이 공격할 때, 다른 놈은 가만히 있어.'

놈들이 벌써 지쳤을 리는 없다. 그리고 지금과 같은 절호의 기회를, 피곤하다는 이유로 걷어찰 리도 없다.

'그렇다면……?'

카이는 마치 머릿속에 전구라도 켜진 것처럼, 사고가 환해지는 것을 느꼈다.

'이 녀석들, 지금 링크(Link)되어 있구나?'

링크(Link), 미드 온라인의 던전에는 종종 그런 특성을 지닌 몬스터들이 출현했다. 말 그대로 서로의 영혼을 결속하여 한 개체에게 힘을 몰아주는 희귀한 특성이다.

'그렇다면 피부로 느껴지는 온도가 그렇게 극명하게 바뀐 것도 설명이 돼.'

한 놈의 힘은 강해지고, 한 놈의 힘은 그만큼 한없이 약해진다. 그러니 주변 온도는 자연스럽게 더 낮아지거나, 높아질 수밖에 없는 것이다.

'쯧, 힌트는 충분했는데 이걸 이렇게 늦게 깨닫다니.'

카이는 본인의 부족함을 깨닫고는 짧게 혀를 찼다. 하지만 지금에라도 알아차렸으면 됐다.

'공략법이 다 나온 적을 잡지 못하면 게임 접어야지.'

더군다나 현재 카이의 상태는 전력이라 칭해도 부족함이 없었다. 세 개의 성물을 착용했기에 적용되는 '사도의 길' 세트 효과. 그리고 자신의 모든 능력치를 상승시켜주는 솔라 필드. 그밖에도 사제의 기본 버프는 물론 태양의 사제만이 사용할 수 있는 특급 버프들까지.

'당황했을 때는 당했지만, 이제는 괜찮아.'

방금 전까지는 한 놈을 상대하면서, 다른 한쪽을 신경 쓰느라 전력을 발휘하지 못했을 뿐.

'처음부터 한 놈만 상대해야 한다면 이야기는 쉽지.'

카이의 앞발차기가 두라스의 가슴에 그대로 박혔다. 두라스는 물리 공격에 면역인지라 피해는 없었지만, 밀쳐내는 것쯤은 가능했다.

콰드드득!

"으음……!"

뒤로 밀쳐진 두라스의 동공에서 일렁이던 푸른빛이 사라졌다.

'바뀌었다!'

두라스의 몸이 활동을 정지했다는 것을 깨달은 카이는 곧장 몸을 돌려 라두스에게 달려갔다.

"음……!"

카이의 반응이 이렇게 빠를 줄 몰랐던 라두스는 반사적으로 검을 휘둘렀다. 하지만 이미 모든 대비를 마친 카이는 가볍게 몸을 숙여 이를 피해냈다.

'그리고 박아 넣는다.'

콰드드드득!

성검은 라두스의 명치를 파고들며, 그대로 녀석의 상체를 꿰뚫었다.

"커허어어억!"

텅!

성검의 검극이 무언가와 부딪치며 둔탁한 소리를 내었다.

뼈? 아니었다.

"이제 돌려줘야지? 내 검."

성검이 두드린 것은 다름 아닌 카이의 검. 여전히 라두스의 목덜미에 박혀 있던 '침묵하는 냉기의 롱소드'였다.

"너무 오래 썼어. 도로 가져간다."

푸우우욱!

카이는 왼손으로 침묵하는 냉기의 롱소드를 붙잡고, 그것을 단번에 빼버렸다. 그러자 라두스의 목덜미에선 살얼음이 내려앉은 혈액이 거칠게 튀어나왔다. 동시에 카이의 눈빛이 두 하수인의 체력을 빠르게 훑었다.

'라두스 놈의 체력이 35%, 두라스는 여전히 48%.'

이놈들은 영악하다. 본인들 스스로가 동시에 죽지 않으면, 영원히 소생한다는 것을 알고 있다는 소리다.

'한 놈의 피만 많이 빼놓으면 곤란해지겠지.'

만약 카이가 라두스의 체력만 1%로 만들어놓는다면?

놈들은 두라스에게 모든 능력치를 몰아주며 두라스만 줄창 카이를 쫓아다닐 것이다.

'귀찮아지겠지.'

우선은 10% 정도. 카이는 그 정도 수준에서 두 놈의 체력을 맞추기로 결정했다.

"네놈이 아무리 발악해도 우리 둘에게는 이길 수 없을 것이다!"

"말 한번 잘했다."

싱긋 웃은 카이는 그대로 녀석의 명치에 박아넣은 성검을 비틀면서 빼냈다. 라두스의 갑주가 걸레마냥 찢어졌고, 출혈 상태에 빠지자 체력은 조금씩 깎이기 시작했다.

"너희는 둘인데, 내 무기는 하나더라고. 불공평하잖아?"

"뭐라……?"

"나도 한 번 들어보자. 무기 두 개."

왼손에는 침묵하는 냉기의 롱소드, 오른손에는 성검 프리우스. 각각 다른 검을 꼬나쥔 카이는 그것들을 열 십(十)자 형태로 휘둘렀다.

"그랜드 크로스!"

말은 번지르르 했지만, 실상은 그냥 십자 베기였다.

"감히 말장난 따위를!"

라두스는 잠시 당황했지만, 황급히 인페르노 소드를 내밀어 냉기의 롱소드를 쳐냈다.

"장난 아닌데."

햇살을 받아 반짝이는 성검이 라두스를 비웃기라도 하듯, 천천히 회전을 시작했다.

"칼날 쇄도!"

까드드드드득!

붉은 갑주를 드릴로 꿰뚫기라도 하듯, 성검은 거칠게 놈의 몸속으로 파고들었다.

"커어어억!"

라두스가 황급히 성검의 검신을 붙잡았지만, 오히려 성검은 녀석의 손을 베어버렸다.

"다시 한번, 칼날 쇄도."

이번에는 압박에서 자유로워진 냉기의 롱소드가 라두스의 옆구리를 그대로 뚫어버렸다. 동시에 라두스의 체력이 빠른 속도로 줄어들었다.

'이쯤 되면 슬슬 포기를 할 때가 됐지.'

카이의 예상은 적중했다. 라두스는 본인이 회생 불가능한 상태라고 생각했는지, 모든 힘을 두라스에게 넘겼다.

뒤쪽에서 고함 소리가 들려온다.

"이노오오오옴!"

"라두스 체력은 5%인가. 괜찮네."

더 이상 붉은 안광을 발하지 않는 라두스의 가슴을 뻥 차 버린 카이는 두 개의 검을 갈무리하며 다가오는 두라스를 쳐 다봤다.

"아무리 빠르고 강해도, 한 놈이라면 쉽지."

혼자 움직일 거라면 압도적으로 강해야 한다.

'마치 나처럼.'

촤르르르륵.

카이는 자신의 왼손 소매에서 느껴지는 차가운 사슬의 감촉을 느끼며 히죽 웃었다.

✺

"마스터. 언노운을 지원해 줘야 되는 거 아닙니까?"

발칸은 자신에게 질문은 던진 길드원을 힐긋 쳐다보더니 다시 전장을 바라보았다.

"지원은 없다."

"예……? 하지만 혹시 만에 하나라도 잘못되면……."

"내 독단이 아니야. 언노운의 요청이다. 정확히 말하자면 지원을 '할' 필요가 없다겠지."

"언노운이 지원하지 말라고 했다고요?"

"왜요?"

길드원들이 고개를 갸웃거리며 물었다. 이에 발칸은 뚱한 표정을 짓더니 툭, 단어 하나를 뱉어냈다.

"칭호."

"예?"

"스페셜 칭호 따야 하니까 건드리지 말라고 하더군."

"……."

카이의 속셈을 알아차린 워리어스 길드원들이 입을 쩍 벌렸다.

"그, 그거 하나 따겠다고 저런 무리를……?"

"난 놈은 난 놈이네요. 저였으면 랭킹 5위권에만 들어도 죽을까 봐 조마조마할 것 같은데."

"위험을 극복하지 않으면 얻을 수 없다인가. 그런 부분은 조금 멋있네요."

사뭇 달라진 눈빛으로 카이를 쳐다보는 워리어스 길드원들. 그들은 막바지에 이른 전투를 보며 병장기를 챙겼다.

"2페이즈는 거의 다 끝난 것 같은데, 3페이즈 때는 지원하실 거죠?"

"아니. 3페이즈 때도 지원은 없다."

"……?"

"설마 그것도 언노운의 요청입니까?"

"……후우."

발칸의 고개가 무겁게 끄덕여지자, 길드원들이 다시 한번 의문을 표했다.

"아니, 하수인들은 스페셜 칭호 때문에 이해가 간다지만……."

"대체 자탄은 왜?"

"그놈은 우리가 1페이즈 때 이미 체력 30%를 깎아놔서 단독 처치 칭호는 못 얻을 텐데요?"

그들의 질문을 가만히 듣고 있던 발칸이 천천히 입을 열었다.

"메인 에피소드의 대미를 장식하는 레이드 보스 몬스터. 그놈을 처치하면 칭호가 따라오겠지."

"그렇죠."

"지나가는 동네 필드 보스만 잡아도 뱉어내는 게 칭호니까요."

길드원들이 긍정하며 고개를 끄덕였다.

"에피소드 1에서 그 칭호를 획득한 것은 유하린이었다. 당연히 어떤 칭호를 획득했는지 알 길이 없어."

그녀는 아직까지 솔로잉을 고집하는 신비로운 유저. 몇 개의 칭호를 획득했는지, 칭호의 효과는 무엇인지는 알고 싶어도 알 길이 없었다.

"서, 설마……."

"그럼 있을지도 모르는 추가 스페셜 칭호를 위해서 3페이즈를 혼자 공략하겠다는 겁니까?"

"아니, 그럼 우리 길드는 1페이즈 때 얼굴 내미는 게 전부였다는 겁니까?"

"듣다 보니 얼굴 마담은 언노운이 아니라……."

"우리 같은데요?"

워리어스 길드원들이 황당함에 입을 쩍 벌렸다. 이건 말만 워리어스가 언노운을 고용한 것뿐이었다.

껍질을 까보니 실속은 모두 놈이 챙겨가고 자신들은 이름만 빌려준 꼴.

발칸은 길드원들을 다독이며 그들을 달랬다.

"너무 실망하지 마라. 언노운이 실패할 가능성도 있는 거고, 무엇보다⋯⋯."

자신들은 워리어스라는 이름을 빌려주었다. 그리고 이 레이드가 성공했을 때, 그 이름의 가치는 지금보다 훨씬 거대해져 있을 터.

'물론 언노운만큼은 아니겠지만 말이지.'

돈과 명예. 발칸은 이번 레이드에서 그 두 가지만 챙기기로 결심했다.

물론, 그것조차도 언노운만큼은 아닐 테지만.

띠링!


[단신으로 자탄의 두 하수인을 처치합니다.]

[당신의 영웅적인 행보에 태양신 헬릭이 물개 박수를 치며 감탄합니다.]

[선행 스탯이 5 상승합니다.]

[태양 목격자의 효과로 인해 3개의 선행 스탯이 추가적으로 상승합니다.]

[스페셜 칭호, '기사 도살자'를 획득합니다.]

[자탄이 석화에서 풀려납니다. 자탄의 무적 상태가 해제되며,

타격이 가능해집니다.]

[레벨이 올랐습니다.]×3

[모든 스탯을 15개 획득합니다.]

'좋아.'

패턴을 모두 파악한 이상, 두 하수인이 쓰러지는 건 시간 문제였다. 하수인 두 마리를 홀몸으로 상대했음에도 불구하고 카이의 체력은 쌩쌩했다.

"제법 귀찮기는 했지만, 딱히 힘들지는 않아."

게다가 지금과 같은 짧은 휴식시간에는 어김없이 '원기 회복의 샘'을 설치했다.

그것도 한 번에 무려 네 개씩 설치되는 샘!

'어라?'

원기 회복의 샘으로 스테미너를 보충하던 카이가 눈살을 찌푸렸다.

'페가수스 놈들 봐라?'

본래 원기 회복의 샘 효과는 중첩이 되었다. 자신이 화이트 홀에서 아오사를 잡을 때를 떠올려보면 확실하다. 하지만 현재 스테미너 회복량을 봤을 때, 아무래도 그 이후 패치가 된 듯하다.

'이번 전투가 끝나면 패치 로그 좀 훑어봐야겠어.'

안 그래도 쓰레기나 다름없는 원기 회복의 샘을 너프할 줄이야. 누가 봐도 명백히 자신의 플레이를 의식한 패치다.

페가수스의 속보이는 행동에 피식 웃음을 지은 카이는 자탄의 석화가 완전히 풀리기 전에 상태를 점검했다.

**[카이]**

[직업 : 태양의 사제]

[레벨 : 416]

[칭호 : 신의 대리자]

[생명력 : 111,300]

[신성력 : 180,600]

**[능력치]**

힘 : 1720(+201) / 체력 : 1113(+201)

지능 : 905(+201) / 민첩 : 878(+201)

신성 : 1806(+201) / 위엄 : 825(+201)

선행 : 461

남은 스탯 : 257

독 저항력 +30

마법 저항력 +40%

자연친화력 +200

악마/언데드에게 주는 피해 +100%

신성력을 소모하는 모든 스킬의 효과 +55%

모든 스킬의 신성력 소모량 -30%

이것이 현재 카이가 강림을 제외한 모든 스킬을 사용하였을 때 낼 수 있는 최고의 스펙. 솔라 필드와 신성 폭발, 블레스나 사도의 길과 같은 세트 효과. 그렇게 상승한 수치가 괄호 옆에 쓰여 있는 것이 눈에 들어왔다.

'이런 온라인 게임에서 사제는 뒤로 갈수록 귀족 대우를 받는 이유가 있지.'

다른 사제들도 자신만큼은 아니겠지만, 못해도 모든 스탯을 30씩은 올려줄 수 있을 것이다. 그들은 그것만으로도 귀족이라는 소리를 듣고 산다.

'그러니 확실히 보여줘야지.'

쩌저저저적.

석화에서 완전하게 깨어난 자탄은 자신의 몸 밑으로 보이는 조그마한 인간 하나를 향해 분노했다.

-고오오오오오오!

귀가 떨어져 나갈 것 같은 굉음!

하지만 카이는 무표정한 얼굴로 자탄을 올려다보았다.

'설은영이 그랬던가? 검은 별과 타이탄의 잔존 세력들 움직

임이 심상치 않다고.'

그들이 뭉쳤다면 당연히 스팅과 골리앗이 함께하고 있을
터. 하지만 카이는 그들에 대해서는 털끝만큼도 걱정이 되지
않았다. 자신이 이런 감정을 가지는 것이 놀라울 정도로.

'하지만 실제로 그런 걸 뭐 어떻게 해.'

골리앗과 스팅, 두 사람 모두 뛰어난 플레이어다. 하지만 게
임에서의 뛰어남은 결국 상대적으로 평가를 해야 하는 법.

카이는 설은영에게 소식을 듣고, 경고하고 싶었다.

'그렇게 내 목을 따고 싶다는데 어쩌겠어? 하지만……'

기왕 올 것이라면 제대로 된 각오를 하고 와라. 카이는 그런
의중을 말뿐이 아닌, 행동으로 보여주고 싶었다.

"와라."


그날, 메인 에피소드2의 레이드 보스 몬스터인 자탄은 카이
의 검 앞에 쓰러졌다.

# 76장
## 어서 오세요, 드워프 공방에!

어느 스포츠나 그렇듯 스포트라이트는 승자에게 돌아가는 법이다.

레이드도 마찬가지였다.

[랭킹 1위 카이! 두 번째 메인 에피소드의 화려한 피날레를 장식하다.]

[혼자서 다 해 먹는 사나이. 그의 한계는 어디까지?]

[자탄을 쓰러트린 미드 온라인 절대자의 위용(사진 첨부)]

[워리어스 길드, '언노운과의 합동 작전 결과에 매우 만족스러워.' 공식 입장 발표.]

[자탄 쫓던 천화, 지붕만 쳐다보다. 천화 길드의 추후 행보는?]

[레이드 방송 역대 최다 시청률, 최대 티켓 판매량 갱신. 워리어스, '언노운 효과' 톡톡히 봐.]

워리어스와 카이, 따지고 보면 둘 모두 승자였지만, 대부분의 조명은 카이에게 향했다.

'하긴, 그럴 수밖에 없나.'

인터넷 기사들을 둘러보는 카이는 의외로 담담한 표정을 지어 보였다. 오히려 그의 얼굴에서는 당연히 이래야 한다는 감정마저 엿보였다.

'혼자서 자탄의 2, 3페이즈를 맡고 체력의 70%를 깎았는데 이 정도는 해줘야지.'

이번 레이드에서 돋보인 것은 단연 자신이었다. 그만이 주인공이었고, 그를 제외한 모든 이는 엑스트라에 불과했다. 그렇다고 다른 이들의 존재감이 옅었냐면 그건 절대 아니었다.

워리어스 길드는 그 어떤 무대에 던져놔도 압도적인 위용을 자랑할 최강의 군단. 그럼에도 카이는 실력으로 그들의 흔적을 덮어버린 것이었다. 시청자들로 하여금 워리어스 생각은 눈곱만큼도 나지 않게끔 만들 정도의 강렬한 향기.

"후우, 몸은 조금 뻐근하네."

우두둑, 우두둑.

카이가 목을 돌리며 온몸을 스트레칭했다.

자탄의 덩치는 무척이나 크다. 자신이 보았던 몬스터 중 가장 거대하던 녀석은 다름 아닌 사룡 시네라스. 자탄의 몸집은 그 사룡보다 약간 더 작을 정도로 컸다.

그 때문인지 카이는 온몸이 삐걱거림을 느꼈다.

'이후에 다른 곳으로 새지 말고, 곧장 최고급 여관으로 가서 슬립 모드로 변경해 놔야겠어.'

이미 치료를 마친 캐릭터의 신체에는 아무 문제가 없었다.

중요한 것은 카이 본인, 한정우의 정신이었다.

'뇌가 녹아버릴 것 같은 기분이야.'

현재의 카이는 그런 생각이 들 정도로 지쳐 있었다. 지금 그에게 필요한 것은 그 무엇도 아닌, 꿀 같은 단잠뿐이었다.

그를 이렇게까지 피곤하게 만든 것은 자탄이 꽁꽁 숨겨두었던 3페이즈였다.

'만약 누군가 날 하루 전으로 회귀시킨다면, 지구 끝까지 쫓아가서 그놈의 멱살을 흔들겠어.'

카이는 질린 듯한 표정으로 자탄을 상대하던 때를 떠올렸다. 자탄의 체력이 30% 밑으로 떨어지는 순간, 3번째 페이즈가 시작되었다. 중력장의 세기는 2배로 증가했고, 네 개의 다리에서 사대 속성의 마법을 뿜어댔다.

'어찌 보면 살아남은 게 용하지. 이건 두 번 하라고 하면, 할 자신이 없다.'

자신에게 날아드는 수백 개의 마법을 시시각각 파악하고, 피하며, 위크 포인트에 공격을 쑤셔 박는 것까지. 그야말로 무아지경이라는 말이 잘 어울릴 정도로 카이는 자신의 모든 것을 쏟아부었다.

물론, 그 덕분에 현재 커뮤니티에서는 유례없는 축제가 벌어진 상태!

-아마 평생의 자랑거리가 될 거야. 나중에 태어날 자식에게도 말해줘야겠어. 아빠는 이 전설적인 레이드를 실시간으로 봤다고.

-예전에 검은 벌이랑 싸울 때도 느낀 거지만, 언노운 저 녀석 마법 저항력이 굉장히 높네.

└마법 저항력 높은데, 심지어 잘 맞지도 않아.

└스윽, 한 번 쳐다보고는 '뭐야 이거?' 이러면서 그냥 피하는 것 봐ㅋㅋㅋ.

-역시 아무나 랭킹 1위가 되는건 아니구나.

-명실상부, 자타공인 미드 온라인 최강의 플레이어의 위엄을 다시 한번 깨우쳤다.

-저 정도 실력이면 세계 9대 길드 위에 카이를 놔야 하는 거 아니냐?

└에이, 아무리 그래도 세계 9대 길드는 엄청난 세력……. 흠, 말하고 있는데 조금 이상하네.

└그렇지? 그 엄청난 세력 중 두 곳이 이미 카이의 손에 무너졌으니까.

"반응 좋고."

카이는 자탄 레이드에서 수많은 것을 얻어냈다. 물론 그것들을 얻어내기 위해 카이가 희생한 것들도 있었다.

'그중 가장 큰 것은 레이드 티켓 비용이지.'

카이는 레이드 티켓 비용으로 10원짜리 한 닢도 요구하지 않았다. 그럼에도 불구하고, 현재 카이의 미드 온라인 커뮤니티 계정에는 후원금이 폭우처럼 쏟아지는 중이었다.

'아, 지금이라면 그거 할 수 있을지도.'

후원금 창을 쳐다보던 카이는 천천히 눈을 감았다. 그리고 정확히 10초가 지나자, 다시 천천히 눈을 떴다.

'좋아. 스포츠카 한 대 뽑았다.'

그 정도로 미친 듯이 쏟아지는 후원금!

일일이 다 셀 수도, 누가 얼마를 보내는지도 확인할 수 없을 정도였다. 눈 한 번 깜빡이면 후원의 이름과 액수가 모두 뒤바뀌는 경이로운 상황. 후원금 창을 쳐다보고 있는 카이의 정신을 일깨운 것은 알림창이었다.

[기만하는 자들의 주인, 자탄을 쓰러뜨렸습니다.]
[자탄을 처치하는 데 절대적인 기여를 합니다.]
[태양신 헬릭이 독종을 보는 눈으로 당신을 쳐다봅니다.]
[선행 스탯이 10 상승합니다.]

[태양 목격자의 효과로 선행 스탯 5개가 추가적으로 상승합니다.]

[스페셜 칭호, '재앙 파괴자'를 획득합니다.]

[스페셜 칭호, '에피소드 종결자'를 획득합니다.]

[레벨이 올랐…….]

[스탯 포인트 35개를 획득합니다.]

[당신을 향한 뮬딘 교의 악의가 더욱 짙어집니다.]

[뮬딘 교에서는 당신을 대상으로 한 저주를 준비할 것입니다.]


예상대로, 아니, 어쩌면 예상보다 더 많은 보상들이 물밀 듯 밀려왔다. 그것들을 바라보는 카이는 마치 재롱떠는 딸을 보는 딸바보 아버지마냥 입꼬리를 길게 말아 올렸다.

'스페셜 칭호가 두 개나 나오다니. 횡재네.'

자탄의 목숨을 끊으면 에피소드 종결에 대한 칭호가 나올 것이라는 예상은 했었다. 하지만 설마 절대적인 기여도를 획득하여 재앙 파괴자라는 칭호까지 얻게 될 줄이야.

'레벨도 7이나 올랐고…… 선행도 15면 나쁘지 않아.'

하지만 카이는 그 모든 것들을 가볍게 치부했다. 앞서 말했지만, 카이는 이번 레이드의 티켓 비용에서 10원짜리 한 장도 받지 않았다.

"모두 이것 때문이었지."

자탄은 뮬딘 교에서 작정하고 만들어낸 초거대 키메라다.

여태까지 카이가 봤던 몬스터 중 가장 거대했던 것은 다름 아닌 사룡 시네라스. 자탄은 그 사룡과 견주어도 꿇리지 않을 정도의 덩치를 지닌 녀석이었다.

그 말인 즉, 뱉어낼 전리품도 많다는 소리.

카이는 레이드의 티켓 비용을 일절 받지 않고, 자탄의 2페이즈 이후를 혼자서 맡는다는 조건으로 자탄의 모든 전리품에 대한 소유권을 넘겨받았다.

'한 마디로 이 녀석의 모든 것은 내 것이라는 거지.'

게다가 이것은 게임이라는 것을 잊으면 안 된다. 레벨 1,000짜리 토끼를 잡는 것보다는 레벨 100의 메인 에피소드 보스를 잡는 것에 더 큰 의미가 있다.

이번에도 마찬가지였다.

'사룡은 레벨이 550이나 되는 무식한 놈이었지. 하지만 메인 에피소드의 레이드 보스는 아니었어.'

단순히 미드 온라인에 존재하는 4대 마경 중 하나인, 설산의 주인이었을 뿐.

그렇기 때문에 카이는 지금 이 순간 더더욱 기대되었다.

'한번 비교를 해보자고.'

레벨 550의 사룡, 그리고 레벨 350의 자탄.

과연 어느 놈이 더 흥미로운 전리품을 뱉어냈을까?

카이가 자탄의 시체를 툭, 건드리자, 루팅 목록이 주르륵 펼쳐졌다.

"전부 획득."


[자탄의 단단한 껍질 320개를 획득합니다.]

[자탄의 온갖 맛이 나는 고기 270개를 획득합니다.]

[자탄의 합성된 뼈 158개를 획득합니다.]

[불타는 자탄의 다리 1개를 획득합니다.]

[얼어붙은 자탄의 다리 1개를 획득합니다.]

[찌릿찌릿한 자탄의 다리 1개를 획득합니다.]

…….

[스킬 북-중력장을 획득합니다.]

[스킬 북-석화를 획득합니다.]

[자탄의 핵을 획득합니다.]


"호오."

생각보다 보상이 훨씬 풍부하다.

'지금 내가 쓸만한 것들이라고 해봤자…….'

카이의 시선이 두 개의 스킬 북으로 향했다.


[스킬 북-중력장]

등급 : 유니크

일대의 중력을 조작할 수 있습니다.


[스킬 북-석화]

등급 : 유니크

대상을 지정하여 석화 상태로 만듭니다.

석화 상태 동안 대상은 모든 피해에 면역이 됩니다.


"음……!"

중력장과 석화. 두 스킬 모두 자탄이 전투 중에 사용하던 스킬이었다.

'하수인 소환은 없지만, 있으면 그게 더 이상한 거겠지.'

그 둘은 지금의 카이가 떠올려 봐도 상대하기가 까다로운 녀석들이다. 만약 하수인들을 소환할 수 있는 스킬 북이 있다면 그것이야말로 밸런스를 해치는 일.

'하긴, 이 게임에서 밸런스 찾는 것도 우스운 일인가.'

피식 웃음을 흘린 카이는 잠시 고민했다.

'중력장과 석화는 모두 마나를 사용하는 스킬이야.'

현재 그 어떤 버프도 걸려 있지 않은 상태에서, 카이의 지능은 700 정도.

'스탯 창에는 마나 수치가 표기되지 않게끔 설정해 놨지만,

계산해 보면 현재 내 마나는 7만이 조금 넘는 정도겠지.'

석화와 중력장, 신성력을 소모하지 않는 스킬이라고 버리기에는 너무나 아쉬운 스킬들이다. 무엇보다, 자신이 아닌 다른 이에게 이 스킬이 넘어가는 것이 신경 쓰였다.

'솔직히 이 스킬들을 제값 주고 살 만한 녀석들은 최상위 랭커들밖에 없어.'

그리고 그 최상위 랭커들 대부분은 자신의 경쟁자들. 이 스킬들을 판매해 봤자 경쟁자들의 배만 불려주는 꼴이다.

'차라리…… 그냥 내가 다 배워버려?'

한 번 그런 생각이 들자, 판매하려고 모서두었던 스킬들까지 생각이 미쳤다.

### [헬 파이어]

등급 : 유니크

지옥의 업화(業火)를 소환하여 적들을 불태워 버립니다.

(헬 파이어의 공격력은 지능 스탯에 비례합니다.)

### [다크 스피어]

등급 : 유니크

적들을 꿰뚫어버릴 어둠의 창을 소환합니다.

(특수 스탯, 마기가 있어야 습득할 수 있는 스킬입니다.)

'음? 다크 스피어는 어차피 못 배우는 스킬이네.'

마왕 추종자였던 지르칸의 고유 스킬임을 자랑이라도 하듯. 다크 스피어는 마기라는 특수 스탯 보유자만이 습득할 수 있는 스킬이었다.

'그럼 이건 예정대로 판매하고……'

카이의 시선이 나머지 세 개의 스킬들을 향해 돌아갔다.

'중력장과 석화, 그리고 헬 파이어라.'

문득 자신의 정체성에 대한 고민이 이어졌다.

'나는 사제인데……'

10레벨 때부터 여태까지 계속, 카이는 사제였고, 지금도 사제이며, 앞으로도 사제일 것이다. 하지만 그는 최전선에서 검을 휘두르고, 신성 주문을 쏘아낸다.

'이제는 마법까지 배울 생각을 하는 이상한 사제지.'

남들이 이 사실을 안다면 검지를 관자놀이 부근에서 빙글빙글 돌리는 제스쳐를 취할 것이다.

'헌데…… 나는 왜 재미있을 것 같지?'

카이의 표정은 누가 봐도 재미있어 죽겠다는 얼굴이었다. 다만, 카이는 조심스럽게 헬 파이어 스킬 북을 인벤토리로 집어넣었다.

'지능 700 가지고는 헬 파이어를 사용해 봤자야.'

아무리 잘 봐줘도 스킬 이펙트가 화려한 파이어볼, 고작해야 그 정도 수준일 것이다. 그렇기에 카이는 자신이 100% 활용할 수 있는 스킬들만을 습득했다.

띠링!

**[스킬-중력장을 습득합니다.]**
**[스킬-석화를 습득합니다.]**

이어서 스킬 설명들을 읽어 내리던 카이의 눈매가 돌연 반달처럼 곱게 휘었다.

**[중력장]**

등급 : 유니크

일대의 중력을 조작하거나, 대상 하나를 지정하여 그 대상에게 가해지는 중력을 조작합니다.

조작하는 중력장의 내용과 유지 시간에 따라 소모되는 마나량이 결정됩니다.

최소 마나 소비 : 3,000.

재사용 대기 시간 : 1시간.

**[석화]**

등급 : 유니크

지정된 대상을 1분 동안 석화 상태로 만듭니다.

석화 상태의 대상은 모든 종류의 공격에 면역이 됩니다.

최소 마나 소비 : 3,000.

재사용 대기 시간 : 24시간.


스킬의 효과를 자세하게 읽던 카이의 입가에 저절로 미소가 찾아들었다.

'이게 뭐야? 기대 이상이잖아?'

예로부터 대부분의 게임들이 그랬다. 보스 몬스터들이 사용하는 스킬이나 장비들은 사기라는 소리가 절로 나오는 반면. 그 보스를 죽이고 자신이 똑같은 기술을 배우거나, 장비를 주워 사용하면 심각한 너프를 받는 상황 말이다.

'솔직히 중력장이랑 석화도 그런 경우가 아닐까 했는데…….'

아니, 따지고 보자면 두 스킬 모두 너프를 받은 것은 맞았다. 자탄이 시전하는 중력장의 범위는 훨씬 넓었고, 유지 시간에는 제약조차 없었다.

석화도 마찬가지. 회색빛에 물든 자탄은 하수인들이 쓰러지기 전까지 석화 상태를 유지하고 있었다.

'하지만 이 정도로도 감지덕지야.'

우선 석화를 보면 위기 시에 1분은 충분한 시간이다. 아니,

애초에 1분은커녕 10초 정도만 되었어도 매우 훌륭한 스킬이다.

'모든 공격에 면역이니까 말이지.'

카이의 머릿 속에서는 이미 석화 스킬을 사용할 수 있는 수십 가지의 방법들이 둥둥 떠다녔다.

하물며 중력장은?

'간만에 재미있는 장난감을 얻었어.'

짧은 감상을 마친 카이에게, 발칸이 길드원들을 이끌고 다가왔다. 그는 가까이서 보니 더욱 거대한 자탄의 시체를 보며 감탄의 목소리를 뱉어냈다.

"정말로 쓰러뜨렸군."

"그게 계약의 내용이었으니까요."

담담한 표정의 카이를 쳐다보던 발칸이 말을 이었다.

"자탄 레이드 영상은 막이 내릴 때까지 총 2,300만 명이 시청했다."

"……."

2천 3백만 명. 티켓 값이 5달러였으니, 5천 원으로 계산해도 1,150억에 육박하는 돈이다.

'물론 저기서 40%는 세금으로 뚝 떨어져 나가겠지만.'

그럼에도 불구하고 몇 시간 만에 벌어들였다고 보기에는 천문학적 액수. 다른 길드들이 대체 왜 그렇게 메인 에피소드의 레이드 보스를 공략하지 못해서 안달이 났었는지 능히 알 것만 같다.

'필드 보스나 던전 보스들을 아무리 많이 레이드한다고 해도, 이 정도의 돈을 벌어들이는 건 쉽지 않지.'

자탄이 메인 에피소드의 대미를 장식하는 레이드 보스였기에 사람들이 열광한 것이다. 과거에 천화가 그 영광을 가져갔듯, 이번에는 워리어스와 카이가 그 영광을 독식했다.

툭툭.

발칸이 자탄의 시체를 툭툭 치며 말했다.

"그대가 이번 레이드에서 얻은 것이 그만한 가치가 있었으면 좋겠군."

"별말씀을."

카이는 빙그레 웃으며 화답했다.

어차피 돈은 지금도 넘치도록 많았다. 게다가 실시간 티켓 정산만 받지 않기로 한 것이지, 이후에 편집이 되어 나갈 유료 영상에 대한 지분은 카이도 30%를 받기로 했다.

'그것도 분명 큰돈이 되겠지.'

여전히 달마다 몇천만 원의 후원금을 물어오는 아오사 공략 영상과 쌍두마차를 달릴 평생 연금이 될 것이 분명했다.

'그러니 이렇게 하는 편이 더 좋아.'

괜히 돈 몇 푼 더 얻겠다고 욕심을 부리면, 자탄이 뱉어낸 것을 온전히 독식하는 데 차질이 있었을 것이다.

'그 고생을 해놓고 중력장과 석화를 빼앗겼다면 분해서 잠도 못 잤을 거야.'

누군가는 자신을 바보라 칭할 수도 있겠지만, 스스로는 굉장히 만족한 상태였다.

"그럼 다음에 또 좋은 일로 보도록 하지."

"예, 그랬으면 좋겠네요."

찰칵!

카이가 발칸과의 악수를 나누는 장면은, 스크린 샷으로 찍혀 커뮤니티의 대문에 박혔다.

"흐으어어어어."

카이는 곧장 도시의 최고급 여관으로 달려가, 구름처럼 푹신한 침대에 몸을 던지며 로그아웃을 했다. 그로부터 12시간 후, 한정우는 구수한 목소리로 기지개를 켜며 몸을 꿈틀거렸다.

'으으…… 일어나기 싫다.'

하루쯤은 게임을 쉬어도 되지 않을까?

그런 생각이 머리를 가득 채우려는 순간.

벌떡!

한정우는 침대에서 벌떡 일어났다.

"하루가 이틀이 되고, 이틀이 사흘이 되는 법이지."

다이어트를 하는 이라면 누구나 공감할 것이다. 몇 달 동안 열심히 다니던 운동도, 딱 하루만 쉬게 되면 다음 날도 쉬고 싶어지는 법.

순식간에 세안을 마친 한정우는 슬쩍 시계를 쳐다보았다.

"오후 1시라. 아침 먹기 딱 좋은 시간이네."

세상 사람들은 이 시간에 먹는 밥을 점심이라 칭한다.

"흐흐흥."

오늘의 일용할 양식을 찾기 위해, 냉장고를 연 한정우가 뜨악한 표정을 지었다. 냉장고가 텅 비어 있었기 때문이다.

'아니, 아직 내게는 찬장이 있어. 찬장! 찬장을 보자!'

이어서 찬장까지 확인했지만, 기적은 일어나지 않았다.

턱.

힘없이 찬장 문을 닫은 한정우는 뚱한 표정을 지으며 거실 소파에 늘어졌다.

'그러고 보니 장을 한 번 보러 간다는 게 깜빡했네.'

집 밖으로 나가는 것이 귀찮았던 한정우는 한 번 장을 보러 가면 마트를 쓸어버릴 기세로 음식들을 사 왔다. 덕분에 한 번 장을 보면 2, 3주는 거뜬히 버틸 수 있었지만, 아쉽게도 그게 딱 어제까지였던 모양.

'나가기 싫은데. 배달 음식이나 시켜 먹을까……'

늘어지는 그의 정신을 일깨운 건 한 통의 전화였다.

"음? 엄마?"

서둘러 전화를 받기가 무섭게, 특유의 카리스마 넘치는 목소리가 수화기 너머로 들려왔다.

-아들, 오늘 저녁에 집에 와.

"오늘 저녁이요? 갑자기 왜……."

-일요일이잖아? 오랜만에 가족끼리 모여서 밥이나 먹게. 지혜도 온다고 했어.

"끄응. 알았어요."

남자에게 있어선 국방부의 부름 이후로 가장 무서운 것이 바로 가족의 부름, 그것도 엄마의 부름이다.

"그럼 저녁에 뵐게요."

전화를 마친 한정우는 결국 점심으로 짬뽕과 오므라이스를 시켜 먹었다.

아인종들의 도시, 리버티아. 일반 유저들은 모르지만 비르평야 전투에 참가했던 길드 마스터들만이 아는 사실이 하나 있다.

'저 땅은 언노운의 땅이지.'

'아인종들에게 땅을 제공하는 대가로 그가 과연 무엇을 받아냈을까?'

'엘프들의 특제 비약? 인어들의 마법 지식?'

그 땅이 카이의 땅이라는 것을.

하지만 자존심 높은 아인종들이 카이를 영주로 추대했다는 사실만큼은 상상하지 못했다. 그런 그들에게 있어 리버티아는 못 먹는 감이나 마찬가지다.

'리버티아. 확실히 탐나는 땅이긴 하지만……'

'저곳을 건드리면 카이는 물론이고 엘프와 인어, 거기다가 라시온 왕실과도 척을 지게 된다.'

'건드리면 득보다는 실이 많을 곳이야.'

'게다가 굳이 손에 넣지 않아도 그곳으로 가면 인어와 엘프들의 지식을 배울 수 있지.'

그 장애물들을 치워 버릴 힘이 있지 않은 이상, 리버티아를 차지하는 건 불가능에 가까웠다. 그런 와중에, 리버티아에 커다란 변화가 일어났다.

"음?"

"왜 그래?"

"아니, 저 건물 말이야. 어제도 있었나?"

"무슨 소리를 하는 거야. 건물이 하루 만에 지어질 리가……어?"

하룻밤 사이에 사뭇 달라진 리버티아의 풍경에 유저들은 크게 당황했다. 하지만 그것만이 전부가 아니었다.

"공방들도 여러 개나 지어졌는데?"

"하룻밤 만에 대체 무슨 일이 있었던 거야?"

"아니, 그런데 대장간은 마을당 하나씩만 있으면 충분한 거 아니었어?"

"뭐가 이렇게 많이 생겼대…… 다 같이 굶어 죽을 일 있나?"

"하여튼 NPC들이란."

유저들은 고개를 절레절레 흔들며 아인종들의 욕심을 비웃었다.

"좀 지나갈게요."

그런 그들 사이를 지나가는 유저 하나가 있었다.

그의 닉네임은 라면물조절장인. 조금 전의 사냥에서 무리를 하다가 무기의 내구도가 크게 손상된 이였다.

'빨리 수리를 해야지, 이러다간 무기가 깨지겠어.'

미드 온라인에서는 장비의 내구도가 0이 되었는데 추가적으로 피해를 입게 되면 운이 나쁠 시 장비 자체가 파괴되었다. 그런 불상사를 막기 위해서라도, 유저들은 수리 키트를 들고 다니거나 마을에 방문할 때마다 장비 점검을 꼼꼼하게 하는 편이었다.

"실례합니다. 여기 장비 수리…… 어?"

대장간의 문을 연 라면물조절장인이 고개를 갸웃거렸다.

'아무도 없어?'

분명히 화덕은 뜨겁게 달구어져 있는데, 사람의 모습이 보이지 않는다.

이상한 점은 그뿐만이 아니었다.

'아니, 선반이랑 의자들이 뭐 이리 낮아?'

도구를 올려놓는 선반, 휴식을 취하기 위해 앉아야 할 의자나 작업을 위한 화덕까지!

모든 것의 높이가 필요 이상으로 낮았다.

"대체 뭐가 뭔지…… 아무도 안 계십니까?"

"아래쪽이다. 덜떨어진 녀석 같으니!"

라면물조절장인은 자신의 허벅지 부근에서 들려오는 목소리에 서둘러 고개를 돌렸다.

"어…… 어……?"

이어서 그의 눈이 화등잔만 하게 커졌다.

"드, 드워프다아아아!"

그의 비명 같은 외침과 함께 리버티아의 새로운 아침이 밝았다.

"드워프라고?"

"제국의 황실 공방에서만 볼 수 있는 존재들 아니었어?"

"아니, 분명 여기가 아인종들의 도시니까 드워프들이 나타

나도 이상할 건 없지만······."

"그래도 드워프라니!"

리버티아의 새로운 식구, 드워프. 그들의 정식 합류가 알려지자 마을은 말 그대로 난리가 났다.

"여보세요? 네네, 마스터. 이번에 고론 공방에 발주한 장비들 있죠? 그거 다 취소하세요."

"드워프라니까요? 와, 지금 대장간에 전시되어 있는 장비들 보고 있는데, 대박이에요."

"아직 공방을 연지 몇 시간 안 되서 그런지 만들어놓은 아이템은 몇 개 없어요. 하지만 진열된 장비들은 최소 매직 등급, 심심하면 레어가 보이는 곳이라니까요?"

"더욱 놀라운 점은, 공방이 한두 군데가 아니에요. 제가 확인한 곳만 52곳입니다. 아마 더 있을 거예요. 한 시라도 빨리 움직여서 공방과 독점 납품 계약을 해야 합니다."

드워프들이 무구, 일반적으로는 제국의 황실 공방에서만 제작된다고 알려진 장비들이다. 심지어 그것조차도 제국의 기사들에게만 입혀주니 시중에는 매물 자체가 돌아다니지 않는다.

그런데 그것을 언제든지 주문만 하면 살 수 있다?

그 사실을 깨달은 순간, 유저들은 돈을 바리바리 싸 들고 공방으로 몰려들었다.

"롱소드! 롱소드 만들어주세요!"

"여기 활이랑 화살도 만들어주시나요?"

"갑옷도 제작할 줄 아시죠? 전 풀 플레이트 메일로 부탁드립니다!"

"재료는 이걸 사용해 주십시오. 블랙 오우거의 가죽과 뼈입니다. 제작비는 얼마가 들어도 상관없어요."

"만약 저희 블랙 마켓 길드와 독점 계약을 맺으신다면, 최고의 작업환경을 제공……."

"Take my money!"

향기로운 꽃에는 벌들이 모여드는 법. 드워프들의 합류로, 안 그래도 인기 관광 명소였던 리버티아는 북새통을 이루기 시작했다.

가족과의 저녁 식사 약속은 7시로 예정되어 있었다. 그래서 그 공백을 메꾸고자 자연스럽게 미드 온라인에 접속했다.

'인벤토리도 한번 비워야겠네.'

사룡의 전리품과 루시퍼의 전리품, 거기다가 지르칸과 자탄의 전리품까지!

현재 카이의 인벤토리는 그야말로 보물 창고라고 칭해도 부족함이 없을 정도였다.

'자탄의 전리품까지 들고 다니니까 이동속도가 느려지잖아.'

카이는 상인이 아니었기에, 일정 개수 이상의 아이템을 들고 다니면 속도 페널티가 생겼다. 그것이 카이의 발걸음을 리버티아로 향하게 만들었다.

'오랜만에 어떻게 바뀌었나 보고 싶기도 하고.'

리버티아는 하루가 다르게 성장하는 아기와도 같은 마을이다. 마음 같아서는 하루하루 곁에 붙어서 지켜보고 싶을 정도.

'여태까지는 상황이 여의치 않았지만, 그래도 명색이 영주인데 관리는 해야지.'

오늘 저녁, 발칸으로부터 영지의 인수인계가 완료될 것이다. 그것도 무려 두 개나 되는 영지다. 그 말은 즉 오늘 저녁, 카이는 귀족 칭호를 손에 넣게 된다는 뜻이다.

물론 최초의 귀족은 아니다.

'그 칭호는 이미 9대 길드 마스터와 거대 길드 애들 손에 넘어갔지.'

간단한 예를 들면, 흑룡 길드는 벌써 손에 넣은 영지의 수가 열 개를 넘어갔다.

도저히 개인의 무력으로 저지할 수가 없는 수준.

"자, 그래도 당분간 걱정거리는 없으니까."

신출귀몰의 효과로 리버티아에 도착한 카이는 두 눈을 깜빡였다.

'이게 뭐야…?'

리버티아는 본래부터 관광 마을로 유명했다.

왜 안 그렇겠는가?

마을 전체에 미남, 미녀들만이 득실되는 장소는 미드 온라인에서도 흔치 않다. 더군다나 완벽한 몸매를 자랑하는 엘프와 인어들이니 남녀를 불문하고 찾아오기를 원했다.

하지만 결코, 이 정도 수준까지는 아니었다.

"어! 어떻게 됐어? 뭐? 공방들이 독점 계약을 거부한다고? 젠장! 대체 이유가 뭔데?"

"영주의 허가가 필요해? 영주가 대체 누군데?"

"그걸 물어볼 만한 사람이… 아! 엘프 여왕은 만나 봤어? 뭐? 자격이 안 된다고? 젠장! 내가 그래서 엘프 관련 퀘스트는 미리미리 해두라고 했지!"

"아, 미치겠네. 눈앞에 보물이 있는데 손이 닿지를 않는다니."

다들 번쩍번쩍한 장비를 두르고 있는 최상위권 플레이어들이다. 개중에는 카이도 얼굴을 알고 있을 정도로 유명한 9대 길드 소속의 랭커들도 있었다.

'저 녀석들이 리버티아에는 왜?'

얼떨떨한 기분으로 발을 내디딘 카이는 굼뜬 발걸음으로 마을을 한 바퀴 돌았다.

'아하. 그렇게 된 거구나.'

한 바퀴를 채 돌기도 전에, 카이는 이 사태의 원인을 파악해 낼 수 있었다. 모르고 싶어도 모를 수가 없었다.

새로 지어진 드워프 공방 앞에는 아이돌 콘서트 대기 줄 마냥 사람들이 모여 있었으니까.

'카룬달을 한번 만나 봐야겠어.'

카이는 언노운을 연상시킬 수 없는 누더기 같은 장비를 걸쳐 입고 마을이 한눈에 내려다보이는 세계수의 꼭대기로 향했다.

처억!

당연하지만 외부인의 출입을 막는 엘프 족의 전사들. 뭍에 서의 전투 능력이 가장 뛰어난 엘프들은 리버티아의 치안을 담당하고 있었다.

"정지. 방문 목적을…… 어?"

"카이 님!"

카이가 누더기 같은 옷의 후드를 들어 올리며 씨익 웃자, 그를 알아본 엘프들이 소리쳤다.

"안쪽으로 들어가고 싶은데. 괜찮겠지?"

"물론입니다. 카이 님의 저택인걸요."

"아, 그리고 각 종족의 대표들을 좀 보고 싶은데."

"그분들에게도 바로 연락을 넣겠습니다."

"부탁할게."

전사들을 무사히 지나친 카이는 세계수의 꼭대기에 마련된

2층짜리의 원목 저택을 바라봤다.

"흐음. 미드 온라인에서는 내 집 마련의 꿈이 비교적 쉽다고는 하지만……."

우스갯소리로 현실에서는 집이 없지만 미드 온라인에는 집한 채씩 있다는 소리가 나돈다. 그만큼 시골 영지 쪽의 집값은 굉장히 저렴한 편이었기 때문이다. 자본금에 여유가 되는 고레벨 유저라면, 시골 영지의 집 한 채쯤은 가질 수 있었다.

'물론 이 정도까지는 아니겠지.'

신생 마을이라고는 하지만, 리버티아는 최고의 주가를 달리고 있는 곳이다. 심지어 아인종이 아니면 이곳의 부동산을 구매할 수가 없다.

세계수 꼭대기의 펜트하우스 버금가는 2층짜리 대저택을 인간이 소유한다?

만약 이 사실이 세간에 알려진다면 난리가 나도 단단히 날것이 분명했다.

끼이익.

저택의 내부로 들어선 카이는 곧장 응접실로 향했다.

-하와와오아아아!

-집주인이다!

-카이잖아?

-이게 얼마 만이지?

응접실 내부로 들어서자 재잘재잘 수다를 떠는 소리가 카이의 귀를 간지럽혔다. 곧이어 그의 눈앞을 날아다니는 주먹 크기의 조그마한 생명체들.

"잘 지냈지?"

엘프들이 이주할 때 함께 데려온 숲의 요정, 페어리들이었다. 아기자기한 것을 좋아하고, 대화와 집안 가꾸기를 좋아하는 종족. 그들은 자연스럽게 카이의 저택을 돌보는 일에 배정되었다.

"오렌지 주스 한 잔 부탁해."

-앗, 주문이다!

-오랜만이야!

-응접실 반짝반짝하지? 우리가 닦아놨어!

"깨끗하네. 나 없는 동안 고생 많았어."

손가락으로 페어리들과 놀아주던 카이는 오렌지 주스를 마시며 손님들을 기다렸다. 오랜 시간이 지나지 않아, 일련의 무리가 응접실의 문을 두드렸다.

"들어와요."

이어서 들어온 것은 각 종족의 대표들. 엘프 여왕 엘라니아와 세계수 루테리아, 인어들의 왕 카리우스와 드워프들의 국왕 카룬달이었다.

"돌아오셨군요, 영주님."

"그 칭호는 몇 번을 들어도 익숙해지지 않네요."

엘라니아를 향해 멋쩍은 미소를 지어 보인 카이는 그들에게 자리를 권했다.

"우선 앉아요. 이야기도 나누고, 물어볼 것도 있으니까."

그들이 자리에 앉자, 카이는 영지의 근황부터 물었다.

그 질문에 대답한 것은, 영지의 재정을 맡고 있는 카리우스였다.

"순항 중이라네. 모험가들의 방문이 끊이질 않아. 그뿐만 아니라 그들이 마을에서 쓰는 돈도 놀랍도록 많지. 방문하는 사람들이 너무 많다 보니 상업 지구를 계속해서 증축하고 있는 상황일세."

"그래요?"

카리우스의 자신감 넘치는 목소리에 카이는 자연스럽게 영지 관리창을 띄웠다.


**[영지 관리]**

이름 : 리버티아

등급 : C+

인구 : 5,279명(이주 신청 22,150명. 계속 상승 중.)

월수입 : 1,729골드(계속 상승 중.)

"음?"

활성화된 인터페이스를 쳐다보던 카이가 저도 모르게 제 눈을 비볐다.

'잠깐, 이게 리버티아의 상태라고?'

카이가 마지막으로 마을을 방문했던 건, 태양교 본단의 배반자들을 숙청한 뒤였다.

그때의 영지 등급은 고작 D, 게다가 월수입도 300골드 수준으로 용돈 벌이 그 이상도 이하도 아니었다.

'하지만 대체 이 수치들은……?'

영지라는 게 원래 이렇게 콩나물처럼 쑥쑥 성장하는 것일까?

'그럴 리가.'

카이가 기획했던 아인종들의 도시라는 콘셉트가 유저들의 취향을 강타했기 때문이다.

어디서도 볼 수 없는 몽환적인 마을, 인간의 건축물이 아닌, 아인종들의 문화로 이루어진 마을은 유저들의 로망에 불을 질렀다.

'제대로 먹혔네.'

카이는 자신의 작품이 내놓은 결과에 흐뭇한 미소를 지으며 엘라니아에게 물었다.

"그런데 인구가 지난번보다 몇백 명이나 늘었네요?"

그 짧은 시간에 아이들이 그렇게 많이 태어났을 리는 없다.

엘라니아는 자애롭게 웃으며 답했다.

"리버티아의 소식을 듣고, 대륙 전역에 뿔뿔이 흩어져 있던 엘프와 인어, 드워프들이 모여들기 시작했어요."

"뿔뿔이 흩어지다니요?"

"설마 이 넓은 대륙에 엘프와 인어, 드워프가 저희만 있으리라 생각하신 건 아니겠죠?"

"……."

그렇게 생각한 것 맞다.

카이가 입을 꾹 다물자, 카룬달이 말을 받았다.

"우리 드워프 일족만 봐도, 뮬딘교와의 100년 전쟁 이후에 소수 부족으로 나뉜 이들이 상당하다네. 물론 잉가르트는 드워프들의 본고장임이 틀림없지만, 흩어졌던 소수 부족들이 소식을 듣고 리버티아로 몰려드는 모양이야."

"엘프들도 마찬가지예요. 대부분은 노예로 잡혀 있다가 도망 다니던 이들이지요."

"놀러 다니는 것을 좋아하는 인어들의 경우엔 조금 더 간단하네. 실컷 돌아다니다가 이제야 집이 그리워서 찾아오는 게지. 껄껄껄."

"그렇군요. 그렇다면 거주 지역도 증축해야겠는데요."

"그렇지 않아도 그 건에 대해서는 보고서를 작성해 놨네. 영주인 자네의 허락만 떨어진다면 즉시 공사에 착수하도록 하지."

카룬달이 믿음직스러운 표정을 지으며 자신감 넘치는 목소리로 말했다.

"보고서를 읽고 답변 드리겠습니다. 말이 나와서 말인데, 마을의 공방들은 대체 뭔가요?"

"으음, 그게 말일세……."

안 그래도 그 얘기가 나올 줄 알았다는 듯. 카룬달은 머쓱한 표정을 지으며 카이의 시선을 회피했다.

"커허험. 드워프들은 태생이 쇠와 망치를 놓을 수 없는 이들이네. 뮬딘교와 사룡에게 휘둘려 그 꼴을 당한 지 얼마 되지도 않았지만…… 안전한 이곳에 도착하니 다시금 일 생각이 나는 녀석들이 많은 것 같더군."

"그래서……?"

"다들 제 공방을 하나씩 차리더군. 그렇게 만들어진 공방이 108개일세. 그들 모두 실력만큼은 어디서도 꿇리지 않는 제작의 달인들일세."

"끄응."

리버티아는 대도시는커녕 도시라고 불리기에도 규모 면에서 부족하다. 그런 곳에 대장간만 108개나 있다니.

'이건 너무 과한데.'

하지만 자신이 영주라고 해도, 권력을 남용하여 공방을 접으라고 강요할 수도 없는 일이었다.

'게다가 이미 늦었어.'

이미 드워프들의 공방이 마을에 가득 들어찬 것은 유저들 사이에서도 유명해져 버렸다. 지금 와서 물리기에는 보는 눈이 너무 많다.

"그래서 드워프들은 그냥 무구만 만들면 그걸로 족한 겁니까?"

"처음에는 그랬는데…… 이 녀석들, 묘한 경쟁이 붙은 모양이더군."

"경쟁이라면?"

"잉가르트에 있을 때부터 내 무구가 낫니, 네 무구가 낫니 싸우던 녀석들이네. 다만 그때는 정확하게 판단해 줄 이들이 없어서 논쟁만 하고 끝났는데……."

"이제는 무구들의 가치를 냉정하게 평가하고 구매할 고객들이 생겼군요."

"맞네. 그 때문인지 벌써부터 리버티아 제일의 대장장이가 누가 될 것인지 저들끼리 내기를 하고 난리도 아니네."

"흐음."

이래서 예술가들을 통제하는 것은 어렵다. 어디로 튈지 모르는 괴짜들이니까.

'드워프들이 거대 길드와 독점 계약을 하게 둬선 안 되는데.'

드워프들은 황금알을 낳는 거위이다. 물론 그 황금알은 자신의 품 안에서 낳아야 가치가 있는 것. 절대 남의 품 안에서 놓게 두어선 안 되었다.

'거참, 오랜만에 방문한 마을에 늑대들이 도사리고 있을 줄이야.'

카이는 자신의 것을 강탈해 가려는 늑대 무리의 존재에 관자놀이를 꾹꾹 눌렀다.

"루테리아는 어떻게 생각해?"

-나의 벗이여. 이미 생겨난 공방을 다시 무너뜨릴 수는 없다고 생각하네.

"그건 그렇지."

-그렇다면 발상을 전환해 보는 것은 어떤가?

"발상의 전환?"

뭔가 좋은 아이디어가 나올 것 같은 느낌이 무럭무럭 든다. 카이의 반짝이는 눈빛을 마주한 루테리아는 테이블 위를 아장아장 걸어 다니며 말했다.

-하루에도 수십 번이나 공방 드워프들과 계약을 하고 싶다는 명목으로 요청이 들어오네. 나의 아이들은 물론이고, 인어족들도 업무가 정상적으로 돌아가지 않을 정도야.

"끄응······ 그 부분에 관해서는 정말 드릴 말씀이 없습니다."

카룬달이 쩔쩔매는 표정으로 고개를 숙였다. 그의 나이도 적지는 않았지만, 세계수 앞에서는 갓난아이에 불과했으니까.

-그렇다고 드워프들의 기술을 외부에 빼앗기는 일도 일어나 서는 안 된다고 생각하네.

"당연하지."

-이런 경우에는 양측이 원하는 것을 떠올려보면 의외로 쉽 게 해결이 되는 법일세.

과연 세계수. 귀엽고 앙증맞은 외견과는 달리, 몇 천 년 동 안 누적시킨 경험은 녹록지 않았다.

-인간들이 원하는 것은 드워프들이 만든 양질의 무구일세. 그리고 드워프들이 바라는 건⋯⋯.

"자신들 중에서 누가 가장 뛰어난 대장장이인지를 가리는 것이지."

-그렇다면 답은 나온 것 아닌가? 영지 차원에서 대회를 열면 되는 것 아니겠나.

"영지 차원에서⋯⋯?"

-공방의 드워프 장인들을 한데 모아 경연을 시키는 것은 어 떠한가?

"경연이라? 그럼 경연을 통해 자연스럽게 순위를 상정하 고⋯⋯."

-결과물로 나오는 양질의 무구를 자연스럽게 인간들에게 판매하는 걸세.

"훌륭해!"

짝!

카이는 저도 모르게 손뼉을 쳤다.

루테리아가 제시한 방책은 그 정도로 명안(名案)이었다.

# 77장
## 천하제일야장대회

　리버티아에 새롭게 세워진 108공방의 드워프들. 그들은 드워프 일족 내에서도 내로라하는 장비 제작의 달인들이다.

　카이는 각 종족 대표들과 의견을 나눈 끝에, 그들을 한데 모아 경연은 개최하기로 결정했다.

　대회의 이름은 천하제일야장대회. 다소 오만하다고 생각할 수도 있지만, 드워프들만이 모여 경연을 치룬다는 점을 감안하면 유저들도 충분히 납득을 할 수 있는 부분이었다.

　"후우. 우선은 여기서 일단락 짓도록 하죠. 보강해야 할 문제는 각자 생각을 해보자구요."

　회의를 파(罷)한 카이는 대표들을 돌려보내고는 접속을 종료했다.

　'슬슬 준비해야지.'

정우는 오랜만에 꼼꼼히 씻고, 면도를 한 뒤 사람답게 보일 만한 옷을 꺼내입었다.

집 근처의 청과물 가게 아주머니가 보셨다면 아예 딴 사람이라고 기함할 만한 대변신!

'가족끼리 밥 한 끼 먹는데 뭘 이렇게 차려입고 오라고 하시는지.'

어머니의 신신당부가 있었다. 대충 차려입지 말고, 예전 자신의 생일 파티 때 보여준 번듯한 차림으로 오라고.

준비를 마친 정우는 택시를 잡고 약속 장소로 향했다.

"정우야! 여기!"

호텔의 로비에 서 있는 아름다운 여인이 정우에게 손을 흔들었다. 주변 남자들의 시선을 한눈에 받고 있는 그녀는 누나인 한지혜였다.

"일찍 왔네?"

"나도 도착한 지 얼마 안 됐어."

"그나저나 또 여기야? 나는 이제 좀 질리는데."

그곳은 예전에도 방문했던 천화 호텔의 스카이 라운지 레스토랑였다. 셰프의 음식 솜씨가 부모님의 입맛을 사로잡았기 때문인지, 정우는 어려서부터 이곳에서 음식을 많이 먹어왔었다.

"남들이 들으면 너 욕해. 여기 한 끼 식사비가 얼마인지는 알아?"

"사람은 적응의 동물이랬어. 아무리 좋은 음식이라도 질리도록 먹으면 질리는 거야."

간만에 누나와 투닥거리며 레스토랑으로 들어선 정우는 창가 쪽으로 다가갔다.

"정우 왔냐."

의자에 앉아계시던 아버지가 슬쩍 눈을 마주치며 말씀하셨다. 언제나처럼 근엄한 표정이었지만, 정우는 그 표정 밑에 감춰진 반가움을 읽어냈다.

"잘 지내셨어요?"

"빨리도 묻는구나. 나는 잘 지냈다. 네 엄마 달래주느라 고생하는 거 빼면."

"엄마가 왜요?"

"자식 키워봤자 집 나가면 소용없다면서 서운해하더라. 내 여자 괴롭히지 마라."

"……엄마가 그러셨어요?"

항상 카리스마 넘치던 엄마가 그런 반응을 보이셨을 줄이야. 심지어 정우는 못해도 일주일에 두 번은 연락을 드렸었다.

"앞으로는 더 자주 연락 드릴게요. 그나저나 엄마는요?"

"화장실 갔다."

정우가 자리에 앉자, 때마침 김현정 여사가 밝은 미소를 지으며 나타났다.

"다들 모였네?"

집에 있을 때는 속을 썩이던 딸과 아들이었지만, 멀리 떨어져 살면 부모 마음은 다 똑같은 법이다. 아들을 훑어보던 김현정 여사의 아미가 자연스럽게 찌푸려졌다.

"너는 밥 잘 챙겨 먹는다더니, 피부가 왜 그리 푸석푸석해?"

하루종일 게임만 하고, 3분 요리나 배달 음식으로 끼니를 해결하니 건강이 좋을 리는 없었다. 할 말이 없어진 정우가 머리만 긁적이자, 아버지가 입을 열었다.

"그래, 말 나온 김에 다들 어떻게 사는지 근황이나 들어보자. 지혜 너는?"

"직장인한테 근황이 어딨겠어요? 챗바퀴 도는 거죠. 그래도 뭐, 일 배우는 재미는 쏠쏠해요."

"인생이란 끊임없이 무언가를 배워나가는 시간의 연속이다. 배움을 거부한 삶은 고여 버린 물과도 같지. 배움에 있어서 항상 감사하는 자세로 살아가라."

"명심할게요."

딸의 대답이 만족스러운지 흐뭇한 미소를 지어 보인 아버지가 정우를 쳐다봤다.

"너는 아직도 그 게임을 하면서 돈을 벌고 있는 거냐?"

"예."

"쯧쯧…… 그게 아직도 돈이 된다는 말이냐?"

"아빠, 요즘 저 게임 난리도 아니에요."

에피타이저로 제공되는 스프를 호호 불어먹던 한지혜가 입을 열었다.

"이번에도 길드 하나가 레이드 방송인가? 그걸로 네 시간 만에 수백억을 벌었다고 하던데요?"

네 시간 만에 수백억!

그 말도 안 되는 수치에도 아버지는 고개만 절레절레 흔드셨다.

"어느 업계나 잘 나가는 이들은 있는 법이다. 하지만 누구나 업계의 상위 1%가 될 수는 없어. 항상 밝은 면보다는 어두운 면을 염두에 두고 뛰어들어야 하는 소리지. 대한민국의 치킨집이 하루에만 수백 개씩 생기고, 망하기를 반복하는 이유를 잊지 말 거라."

아버지는 예전부터 항상 인생에 도움이 되는 말을 즐겨 해 주셨다. 정우가 또래에 비해 성숙한 성격을 지니게 된 것도 아버지의 영향이 컸을 것이다.

'예전부터 아버지는 나의 우상이셨지.'

그런 만큼 가장 먼저 알려드리고 싶었다. 이제 어디 가서서 아들 자랑 실컷 하셔도 된다고.

스윽.

정우가 품에서 꺼낸 통장을 내밀자, 아버지가 피식 웃음을 지으셨다.

"지난번이랑 비슷한 상황이구나."

"다릅니다."

"······?"

아들의 말뜻을 이해하지 못한 아버지는 아무 말 없이 통장을 열었다.

"으음!"

동시에 항상 근엄함을 잃지 않던 그의 표정에 균열이 생겼다. 지난번에 2천만 원을 벌고 통장을 보여줬을 때는 의외라는 표정을 짓는 게 전부였다.

'하지만 이번에는 그러실 수 없을 테지.'

현재 정우가 건넨 통장에는 현금만 10억이 넘게 들어 있었다. 물론 그건 정우가 지닌 재산의 1/8 정도밖에 안 되는 양이었다.

하지만 그 정도로도 충분했다.

"······설명이 필요할 것 같구나."

통장을 덮은 아버지가 심각한 표정으로 아들을 추궁했다. 아버지의 표정에서 걱정스러움을 읽어낸 정우는 밝게 웃으며 입을 열었다.

"모두 정당하게 벌어들인 겁니다. 누나가 아까도 말했지만, 그 게임의 인기가 요즘 뜨거워요."

"하지만 그렇다고 해도 이 액수는 납득이 가질 않는다."

"아까 말씀하셨죠. 상위 1%만 보고 업계에 뛰어드는 건 미련한 짓이라고."

여유로운 미소를 지은 정우는 잔을 들어 물을 한 모금 삼켰다. 차가운 물줄기가 식도를 타고 흐르는 기분이 생생하게 느껴졌다.

탁.

잔을 내려놓은 정우가 조용조용한 목소리로 말했다.

"저는 상위 1%가 아닙니다."

"하지만 그런데도 이 정도의 돈이……."

"그냥 1등이지요."

정우는 가릴 것 없이, 자신이 랭킹 1위라는 정보를 시원하게 공개했다.

가족이다. 게임에서처럼 정보를 숨기고, 독점해야 할 경쟁자들이 아닌 가족이다. 언제나 자신의 편이 되어 응원해 줄 가족들에게 이 사실을 숨길 이유는 없었다.

"으으음……."

1등.

업계에 뛰어든 모든 이들을 한 줄로 세우면, 가장 앞자리에 위치하는 자. 그 위치의 무게를 알고 있는 정우의 아버지는 천천히 고개를 끄덕이며 입을 열었다.

"이건 인정할 수밖에 없구나. 고생했다."

"감사…… 합니다."

꽈악.

정우는 저도 모르게 제 주먹을 꽉 쥐었다. 그렇지 않으면 왈칵 눈물이 쏟아져 나올 것 같았기 때문이다.

아버지로부터의 인정. 어렸을 때부터 모든 걸 압도적으로 잘하는 누나와 항상 비교되었다. 당연히 주변인들의 칭찬은 누나를 향해서 쏟아졌다.

'어쩌면 내가 누군가를 도와주기 시작한 것도, 그 때문일지도.'

누군가를 도와주고 보상을 받을 때만큼은 자신을 똑바로 쳐다보면서 칭찬해 주니까.

정우는 무뚝뚝하고 근엄한 아버지로부터 인정을 받고 싶어 했다. 아버지라서가 아니라, 그는 자신이 알고 있는 어른 중에서 가장 존경스러운 사람이었으니까.

'솔직히 휴학하는 순간부터는 무리라고 생각했는데……'

특히 미드 온라인을 시작하면서부터는 절대 불가능하다고 생각했다. 하지만 아이러니하게도, 아버지를 실망시켰던 게임을 통해서 그의 인정을 받아냈다. 그 사실이 어떤 것보다 정우의 가슴을 벅차게 만들어주었다.

"당신. 대체 무슨 일이에요?"

"어디 편찮으세요?"

엄마와 누나가 돌아가는 상황을 이해하지 못하고 고개를 갸웃거리자. 아버지는 말없이 고개를 흔들며 통장을 정우에게 내밀었다.

"가져가라. 네 엄마에게는 내가 잘 설명해 주마."

정우는 제 앞으로 돌아온 통장을 물끄러미 쳐다보다가 입을 열었다.

"그냥 쓰셔도 됩니다."

"나 아직 젊다. 그리고 아들의 코 묻은 돈을 받을 정도로 가난하지도 않아."

과연 사장님.

정우는 멋쩍은 미소를 지으며 통장을 어머니에게 내밀었다.

"그럼 엄마가 쓰세요."

"대체 얼마나 들어 있길래……"

무심코 통장을 열어본 김현정 여사는 1,000,000,000이라는 숫자에 눈만 크게 떴다.

"정우 너……"

"제가 전화로 매번 말씀드렸잖아요. 이제 저 걱정 안 하셔도 된다고."

"……"

아들이 그런 말을 한다 해도, 그 어느 어미가 아들을 걱정하지 않겠는가. 하지만 통장의 액수는 그런 걱정을 봄날의 눈처럼 사르륵 녹게 만들어주었다.

그것은 부모님이 속물이어서가 아니라, 아들이 이제 제 앞가림은 할 수 있겠구나, 라는 안도감을 느꼈기 때문이리라.

"엄마도 아직 돈 잘 벌어. 이건 네 월급쟁이 누나한테나 줘라."

통장은 이제 누나에게 돌아갔다.

"뭔데? 대체 얼마나 들었길래…… 허업!"

저도 모르게 비명을 지른 한지혜는, 장소가 장소임을 깨닫고 서둘러 제 입을 막았다.

하지만 그것도 잠시. 한지혜는 인상을 찌푸리며 통장을 다시 한정우에게 내밀었다.

"나도 대기업 다니면서 나름대로 돈 잘 벌 거든? 자존심 상하게 정우 네 돈을 왜 써?"

"아니, 써도 되는데……."

"됐어. 도로 가져가."

누나의 말투는 퉁명스러웠지만, 그 목소리에는 자신을 향한 따스함과 대견함이 배어 있었다.

'이것 참…….'

10억이라는 큰돈이 들어 있는 통장이다. 그 통장은 세 명의 사람을 거쳤지만, 결국 주인을 찾지 못하고 자신에게 돌아와 버렸다.

'내 가족이지만, 정말 착해빠졌다니까.'

자신의 성공을 허울 없이 터놓을 수 있고, 함께 기뻐해 줄 수 있는 가족이 있다는 것. 그 사실이 정우의 마음을 따뜻하게 만들어줬다.

"흐으으음."

가족과의 멋진 저녁 식사를 마치고 리버티아로 돌아온 카이는 한 가지 고민에 잠겨 있었다.

'천하제일야장대회. 아이디어는 좋아. 하지만 그 이후는 어떻게 하지?'

경연을 여는 이상 우승자는 나올 것이다. 그리고 그 우승자의 명성은 말도 안 되게 높아질 것이 분명하다. 우승자는 모두가 바라는 드워프 족의 기술.

그 기술을 사용하는 이들 중에서 최고의 대장장이라는 소리일 테니까.

'그렇다고 나머지 107명의 대장장이들에 대한 관심이 줄어들지는 않을 거야.'

경연에서 패배했다고 해도 그들의 실력이 볼품없지는 않을 것이다. 오히려 모두의 관심이 우승자에게 쏠릴 때, 그들을 포섭하려는 움직임이 일어날 수도 있다.

"끄응. 그렇다고 리버티아에 계속 냅두는 것도 이상한데……."

리버티아라는 작은 마을에서 108개나 되는 공방을 유지하는 것은 비효율적이다. 가뜩이나 상업 지구와 주거 구역의 증축이 대두되고 있는 지금에서는 더더욱.

'공방이 108개나 들어서면서 안 그래도 좁은 영지의 면적이 더욱 줄어들었잖아.'

카이가 해결되지 않는 문제에 골머리를 쥐고 있을 때, 손님이 찾아왔다.

"여! 의뢰인."

"……카밀라?"

여전히 불꽃처럼 강렬한 머리칼이 카이의 시선을 사로잡았다. 동시에 그녀가 자신을 방문한 목적도 떠올랐다.

"아, 그러고 보니 장비가 완성될 때가 되었나?"

"헐. 사룡의 재료를 맡겨놓은 사람이 그렇게 무방비해도 돼?"

"어차피 너 도망도 못 치잖아."

사실이다. 대장장이는 의뢰인이 맡긴 재료나 완성품을 제멋대로 판매, 교환하지 못한다.

그 사실을 누구보다 잘 알고 있는 카밀라는 떨떠름한 표정을 지으며 입을 열었다.

"애초에 도망칠 생각도 없었네요. 됐고, 왜 그렇게 뚱한 표정을 짓고 있었는데?"

"아, 그게……."

카밀라에게 간단하게 설명을 해주자, 그녀가 눈을 초롱초롱하게 빛내며 두 손을 꼬옥 모았다.

"나도! 나도 나가게 해줘!"

"참가 자격은 드워프 한정이야. 기각."

"아직 대회를 연 것도 아니잖아? 그 정도야 바꾸면 되지."

"내가 왜?"

카이가 어깨를 으쓱거리며 묻자, 카밀라가 씨익 입꼬리를 올렸다.

"내가 대회에 참가할 수 있도록 도와주면, 네가 고민하는 문제를 해결해 줄게."

"……네가?"

"응. 그것도 네가 가장 행복할 수 있는 결과로 말이야."

"들어보고 판단할게."

자세를 바로 하며 귀를 쫑긋 기울이는 카이.

카밀라는 혀로 입술을 살짝 축이더니, 천천히 운을 띄웠다.

"파견이야."

"……파견?"

생각지도 못한 단어에 카이가 눈만 깜빡거렸다.

"리버티아에서 고민하는 이유가 그거라며? 경연에서 탈락한 107명의 드워프 대장장이들. 그들의 처우 때문에 골치 아픈 것 아니야?"

"맞아."

"그들이 비록 경연에서 패배하더라도, 모험가들은 그들을 모셔가지 못해서 안달일 거야."

맞는 말이다. 특히 영지전의 활발한 지금, 자신이 다스리는 영지에 드워프 대장장이가 있다는 것은 무엇보다도 큰 메리트였다.

'대장간을 방문하기 위해 모험가들이 모이면, 그 모험가들을 상대로 장사를 하기 위한 주민들도 모이는 법이지.'

제대로 된 시설 하나가 있느냐, 없느냐에 따라 영지의 발전 속도는 눈에 띄게 차이가 난다. 그건 지금 당장의 리버티아만 봐도 쉽게 알 수 있는 부분이었다.

"그러니까 로열티를 받고 공방들을 다른 영지로 파견 보내."

"……!"

카밀라의 제안은 카이의 가려운 부분을 제대로 긁어주는 기가 막힌 한 수였다.

'드워프들을 리버티아에서만 볼 수 있다는 메리트가 사라지는 건 아쉽지만……'

그것을 제외한 모든 부분에서, 카이와 리버티아는 막대한 이득을 얻게 된다.

'무엇보다 드워프들의 노동력이 다른 영지의 배만 채워주는

것을 방지할 수 있어.'

카이가 가장 견제하던 것이 바로 그런 점이었다. 거대 길드나 영지에서 공방과의 독점 계약을 맺고, 리버티아의 대항마로 떠오르는 것.

'하지만 이쪽에서 파견을 보내는 입장이라면, 관계는 깨끗해져.'

만약 상대방이 허튼짓을 하면 까짓 위약금을 물고 드워프들을 다시 데려오면 그만이다. 게다가 드워프들이 다른 영지에 파견을 간다 하더라도, 그들의 고향은 이제 잉가르트가 아닌 리버티아다.

'영지의 홍보 또한 자연스럽게 되겠지.'

특히 드워프들이 가지는 희소성과 영향력을 생각해 보면 손도 안 대고 코를 푸는 격이다.

'그뿐만이 아니야. 영지를 몇 개밖에 다스리지 않는 내가, 9대 길드 같은 거대 세력들에게 갑질을 할 수 있다는 점이 가장 마음에 들어.'

이제 미드 온라인의 판은 드워프 공방의 파견이 이루어지는 순간을 기점으로 변화될 것이다.

드워프들의 공방이 들어선 영지와 그렇지 않은 영지. 아무리 방대한 영토와 영지를 가지고 있다고 해도, 그 차이를 메꾸기는 쉽지 않을 것이다. 그것은 카이 스스로도 플레이어이기 때문에 잘 알고 있는 부분이었다.

'나 같은 족속들은 의외로 단순하단 말이지.'

카이처럼 뼛속까지 게이머인 존재들. 그들은 항상 최고를 지향하며, 최상의 결과를 추구한다. 그런 이들이 자신의 장비 관리해 소홀하다? 말도 안 되는 소리였다.

'일만 잘 풀리면 이 코딱지만 한 영지에 앉아서 9대 길드를 주무를 수도 있다는 거야.'

물론 말처럼 쉽지는 않을 것이다.

하지만, 카이는 자신의 실력과 영향력, 드워프들의 희소성이 한데 모이면 충분히 가능할 것 같다는 판단을 내렸다.

생각이 거기까지 미치자 카밀라가 달라 보였다.

카이는 의외란 눈빛으로 그녀를 쳐다보았다.

"너…… 생각보다 똑똑한데?"

"나 카밀라야. 도전의 대장장이를 계승하는 히든 클래스 유저이자, 대장장이로서의 인지도도 최상위권이라고!"

"네가?"

카이가 고개를 갸웃거렸다.

경매장을 자주 살피기를 좋아하는 카이는 웬만한 대장장이의 이름을 모두 알고 있었다.

'하지만 카밀라는 직접 만나기 전까지는 존재조차 모르고 있었지.'

사람이라면 으레 하게 되는 허세이리라.

카이가 피식 웃음을 짓자, 카밀라가 눈을 가늘게 떴다.

"안 믿네?"

"미안한데, 나 경매장 죽돌이야. 유명한 대장장이들 리스트는 이 속에 다 있다고."

검지로 제 머리를 톡톡 두드리는 카이. 하지만 이에 카밀라는 발끈하기는커녕, 여유로운 표정을 지으며 상자 하나를 꺼냈다.

"과연 이걸 보고도 그런 말이 나올까?"

"이건……."

먼지라도 묻을까 겁이 날 정도로 하얗고 거대한 상자였다.

'생각보다 의외인걸.'

예로부터 장인은 검집의 달린 노끈 하나에도 신경을 쓴다는 말이 있다. 카밀라 또한 자신이 장인이라는 것을 증명하듯, 상자에만 엄청난 신경을 쓴 상태였다.

카이는 검지로 상자를 한 번 톡 터치했다.


[세트 박스-하얀 죽음의 용을 개봉하시겠습니까?]
[한 번 개봉된 세트 아이템은 계정에 귀속됩니다.]


예전 같았으면 이런 대단한 장비를 얻어도 판매할지, 말지를 심각하게 고민했을 것이다. 하지만 이제는 달랐다.

'일단 한 번 열어보고, 마음에 안 들면 마녀의 정수로 다시 밀봉한 다음 판매하면 되지.'

천천히 열리는 상자 사이에서는 영롱한 빛이 흘러나왔다.

"오……."

상자 안에 가지런하게 분류된 장비를 바라보던 카이가 저도 모르게 탄성을 뱉어냈다.

'이, 이것은!'

카이는 과거에 솔리드로부터 바다의 폭군 세트를 받은 적이 있었다. 나가 족의 왕자인 하카스의 비늘을 주 재료로 제작한 세트. 때문인지 투구는 나가의 그것과 닮은 도마뱀의 모습을 띠고 있었다.

'하지만 이건 도마뱀 따위가 아니야.'

용(龍), 드래곤(Dragon)의 머리를 형상화한 순백의 투구. 그저 바라보는 것만으로도 압도적인 위엄이 흘러넘치는 모습의 장비였다.

'투구뿐만이 아니야.'

상의와 하의, 벨트를 시작으로 부츠까지!

투구를 포함해 총 다섯 개로 분류되어 있는 백룡 세트는 누가 봐도 최상급의 아이템이었다. 그것뿐만이 아니라, 상자 안에는 길다란 백색의 창도 함께 들어 있었다.

"후우."

저도 모르게 참아왔던 숨을 내뱉은 카이가 짧은 감상을 뱉어냈다.

"아이템의 외형만 쳐다봤는데 압도되는 기분은 처음이야."

"어머, 네가 그런 칭찬도 할 수 있었어? 하지만 놀라기는 아직 이를 텐데."

베시시 웃는 카밀라를 슬쩍 쳐다본 카이는 조심스럽게 투구를 들어 올렸다.

**[하얀 죽음의 투구]**

등급 : 유니크

방어력 3,842

마법 방어력 4,215

지능 +130

위엄 +50

착용 제한 : 레벨 400 이상.

내구도 100/100

설명 : 드래곤의 비늘과 뼈로 만들어져 있어 매우 단단합니다. 내구도가 쉽게 줄어들지 않습니다.

"음……!"

카이의 눈이 화등잔만 하게 뜨였다. 성의 니케를 얻은 이후,

새로운 아이템은 거들떠보지도 않던 카이다.

'하지만 이거라면…….'

니케는 한 벌 옷이라서 상, 하의를 함께 장비할 수 없었다.

이터널 레전더리라는 등급에 걸맞게, 카이의 레벨이 오르면서 능력치도 꾸준히 올라갔지만…….

'그래 봤자 방어력은 이것의 절반도 안 되지.'

무엇보다 중요한 건, 니케는 한 벌 옷인 주제에 체력 스탯의 증가량이 30밖에 안 되었다. 하지만 하얀 죽음의 투구에 붙어 있는 지능은 그 수치만 무려 130.

'하지만 카밀라는 도전의 미(美) 스킬 특성으로 인해 세 개의 추가 옵션이 붙게 될 텐데?'

카이가 카밀라를 빤히 쳐다보자, 시선의 의미를 알아차린 그녀가 설명했다.

"투구에 기본적으로 붙는 최대 스탯은 100이야. 거기다가 추가 옵션으로 지능을 세 번이나 중첩시켰어. 그래서 130이 된 거니까 오해하지 마. 다른 장비들도 마찬가지야."

"그런 거였나."

납득을 마친 카이가 고개를 끄덕였다. 확실히 히든 클래스는 히든 클래스다. 스탯 30의 차이는 고 레벨일수록 무시할 수 없는 격차를 만들어낼 테니까.

카이는 내친김에 다른 장비들도 빠르게 감정했다. 착용 제한과 내구도, 설명은 재료의 특성인지 모두 투구와 같았다.

**[하얀 죽음의 흉갑]**

등급 : 유니크

방어력 4,219

마법 방어력 4,508

체력 +130

위엄 +75


**[하얀 죽음의 벨트]**

등급 : 유니크

방어력 3,100

마법 방어력 3,100

힘 +130

위엄 +50


**[하얀 죽음의 하갑]**

등급 : 유니크

방어력 4,151

마법 방어력 4,324

체력 +130

위엄 +75

**[하얀 죽음의 부츠]**

등급 : 유니크

방어력 3,421

마법 방어력 3,659

민첩 +130

위엄 +50


훌륭하다. 몇 번을 다시 보아도 그 말밖에는 나오지 않는 세트였다.

'하지만 세트 아이템의 대미는 무엇보다 세트 효과지.'

만약 백룡 세트가 단일 장비들이라 해도, 카이는 이것들을 장비할 의사가 있었다. 그 정도로 스탯들의 증가폭과 방어력 수치는 압도적이었으니까.

'신성 스탯이 붙지 않는 건 조금 아쉽지만.'

생전에 악명을 떨치던 레드 드래곤, 시네라스의 재료로 만들었다고 생각하니 이해가 되었다. 물론 시네라스는 알비노 병에 걸려 비늘이 하얀색이었지만 지금은 그 부분이 오히려 이롭게 작용하였다.

'백룡 세트라. 멋있는걸.'

카이는 니케를 인벤토리에 넣으며 백룡 세트를 하나씩 직접 착용해 보았다.

딸깍, 딸깍.

딱딱한 비늘과 뼈로 만들어진 갑주였지만, 푹신한 침대에 누운 것 같은 편안함이 느껴졌다.

띠링!

[하얀 죽음의 용 세트를 착용합니다.]
[5세트 효과로 약자멸시가 발동됩니다.]
[5세트 효과로 모든 스탯이 50 상승합니다.]
[5세트 효과로 모든 속도가 10% 상승합니다.]

"음!"

카이가 고개를 끄덕이자 철그럭거리는 기분 좋은 마찰음이 귓가를 울렸다.

"마음에 들어?"

"몹시."

"하지만 이번에도 그게 끝이 아닌데?"

"……아직도?"

"섭섭하네. 원래 내 주특기는 방어구 제작이 아니라 무기 제작이거든?"

눈짓으로 백색의 창을 가리키는 카밀라.

카이는 머뭇거리던 손을 뻗어 창을 움켜쥐었다.

"아이템 감정."

[드래곤 혼(Dragon Horn)]

등급 : 유니크

공격력 666~707

힘 +70

민첩 +50

치명타 확률 +20%

착용 제한 : 레벨 400 이상, 힘 1,500 이상.

내구도 100/100

설명 : 얼어붙은 산을 지배하던 사룡, 시네라스의 뼈를 깎아 만든 창.

드래곤의 뼈로 만들어져 있어 매우 단단합니다. 내구도가 쉽게 줄어들지 않습니다.

[특수 효과]

공격 시 3%의 확률로 적의 방어구를 파괴합니다.


'이건…… 정말이지 인정하지 않을 수가 없네.'

대장장이로서의 카밀라는 매우 유능하다. 드워프를 데리고 와도 이 정도의 무구를 만들 수 있을지 의구심이 들 만큼 유능하다.

'하지만 정말로 그녀의 이름을 들어본 적은 없어. 이 정도 수준의 장비가 경매장에 돌아다녔다면, 내가 제작자의 이름을 잊어버렸을 리가 없……'

드래곤 혼. 그 짧은 시간에 용뿔이라 명명한 창을 빙글 돌리던 카이가 눈을 가늘게 떴다.

"어?"

창대의 한 구석에 음각으로 새겨져 있는 알파벳이 눈에 들어왔기 때문이다.

"God Hand……? 맙소사!"

고개를 번쩍 들어 올린 카이는 카밀라의 당당한 얼굴을 쳐다보았다.

"네가 신의 손이라고?"

God Hand. 직역하면 신의 손.

이 오만방자한 이니셜을 지닌 대장장이는 어느 날 경매장에 출사표를 던졌다. 모든 대장장이들의 그의 이니셜에 코웃음을 쳤지만, 작업물을 보고 나서는 비웃을 수 없었다.

여태까지 신의 손이 만든 무구는 총 일곱 개. 그중에서 초창기 작품 세 개만이 레어고, 이후 네 개는 모두 유니크 등급의 무구였다.

'많은 길드들이 물밑 작업을 했다고 했어.'

모두 신의 손, 그를 영입하기 위한 작업이었다.

정보 길드에 의뢰를 넣고, 경매장 관리인을 매수해 봐도 돌아오는 답변은 '모른다'뿐.

'설마 갓 핸드의 정체가 카밀라일 줄이야.'

심지어 갓 핸드가 출몰한 시기는 카이가 언노운으로 한창 활동을 하던 때였다. 그래서 전투직에 언노운이 있다면, 생산직에는 갓 핸드가 있다는 우스갯소리마저 돌아다녔다.

"어때, 이 정도면 대장장이로서 인지도가 없지는 않지?"

"……그렇네. 아니, 네가 정말 갓 핸드라면 차고 넘치는 수준이지."

"그래서 널 처음 만났을 때 그런 말을 했던 거야. '진짜진짜 만나보고 싶었다'고."

"기억나. 그래서 그랬던 거구나."

카이는 고개를 끄덕이며 장비들을 쳐다봤다. 그리고 무언가를 결심한 듯, 카밀라에게 말했다.

"하지만 널 천하제일야장대회에 출전시켜 줄 순 없어."

"뭐? 왜! 약속했잖아!"

카밀라가 빼액 소리를 질렀다. 물론 카이도 할 말은 있었다.

"들어보고 판단한다고 했지, 출전시켜 준다는 약속을 한 적은 없어."

"……."

미간을 찌푸린 카밀라의 움직임이 잠시 멈췄다. 잠시 후 그녀는 리플레이 영상이라도 보고 온 듯, 시무룩한 표정을 지었다.

"뭐야. 진짜잖아……."

어지간히도 출전하고 싶었나 보다.

'아쉽지만 천하제일야장대회는 온전히 드워프들을 위한 무대가 되어야 해.'

그것이 이후 카밀라의 제안처럼 그들을 파견할 때, 더 높은 몸값을 받을 수 있으니까.

'카밀라의 실력은 위험하거든.'

백룡 세트를 보고 확실히 깨달았다. 그리고 그녀를 대회에 출전시키지 말아야겠다는 결심도 섰다. 대회가 끝나면 드워프들의 공방을 파견 보내야 하는데, 인간에게 패배한 드워프라면? 당연히 값어치가 떨어진다.

'이제 슬슬 당근을 던져줄까?'

시무룩한 표정을 짓고 있는 카밀라를 처다보던 카이가 진한 미소를 지었다. 카밀라는 카이의 속을 시원하게 만들어주는 해답을 안겨주었다.

어떻게 보면 은인이기도 한 셈. 카이도 그런 이를 마냥 몰아붙이는 것은 마음이 편치 않았다.

"미안하지만 경연에는 참가할 수 없어. 하지만 다른 방법으로 보상할게."

"……다른 방법?"

샐쭉한 표정을 지은 카밀라가 고개를 살포시 돌리며 물었다. 아닌 척하지만, 그녀의 가파르게 올라가는 눈썹은 몹시 궁금하다는 것처럼 꿈틀거렸다. 그 모습에 피식 웃음을 지어 보인 카이가 간략하게 말했다.

"이번에 방송은 봤겠지?"

"방송이라니…… 아! 설마?"

"그래. 그 설마다."

카이가 워리어스 길드와 손을 잡고 자탄을 처치했다는 사실은 누구나 알고 있다. 무엇보다 대장장이는 좋은 재료를 구하기 위해 언제나 두 귀와 눈을 열어둬야 하는 존재. 골수 게임 유저인 카밀라가 그 사실을 모를 리 없었다.

"자, 자탄의 재료를 나에게 맡기려는 거구나!"

"어때? 구미가 당겨?"

"으으으……."

카밀라의 얼굴 위로 갈등의 빛이 서렸다. 동시에 카이의 눈동자가 빛났다.

'밀어붙일 때는 확실히.'

어려서부터 그렇게 교육을 받아온 카이는 인벤토리에서 자탄의 단단한 껍질을 꺼냈다.

살랑, 살랑.

카밀라의 눈앞에서 껍질을 흔들어 보인 카이가 은근한 목소리로 말했다.

"자탄의 단단한 껍질. 전 세계에서 나만 가지고 있지."

"저, 전 세계에서 너만……?"

"당연하지. 자탄의 모든 재료는 내가 독점했으니까. 이른바 한정판 재료야."

"하, 한정판!"

카밀라의 두 눈이 서서히 풀리더니, 초점은 자탄의 껍질에 못처럼 박혀 버렸다.

한정판! 멀쩡한 사람의 정신도 홀리는 마성의 단어!

카밀라라고 다르지 않았다. 그녀는 샐쭉한 표정으로 카이를 쳐다보더니 이내 고개를 끄덕였다.

"조, 좋아. 뭘 원하는데? 이번에도 갑주 세트?"

"아니. 백룡 세트 받은 지 5분도 안 지났거든? 내가 원하는 건 비어 있는 부위야."

"갑주 세트를 제외한 비어 있는 부위라면……."

빠르게 머리를 굴린 카밀라가 선택지들을 제시했다.

"어깨 방어구랑 장갑 정도밖에 없는데?"

"장갑으로 부탁할게."

말을 마친 카이는 인벤토리에서 네 개의 재료를 더 꺼내 들었다.

"이것들까지 이용해서 최고의 장갑을 만들어보라고."

자탄의 몸을 지탱하던 네 개의 다리!

네 개의 속성을 지닌 재료를 한눈에 담은 카밀라가 기쁨의 비명을 내질렀다.

"꺄아아악! 정말? 정말로 내가 다뤄도 돼?"

"넌 백룡 세트로 본인의 실력을 증명해 냈어. 실력 있는 사람에게 일을 맡기는 건 당연한 거야."

"고마워! 진짜 고마워! 장갑이라고 했지? 누나가 제대로 만들어줄게."

두 팔을 걷어붙이고 열의를 띄우는 카밀라!

그런 그녀를 물끄러미 바라보던 카이가 자리를 정리했다.

"그럼 만들어준 백룡 세트는 잘 사용할게."

"응! 나도 바로 작업 준비해야겠다."

천생 대장장이라는 걸까.

지난 몇 주간 백룡 세트를 제작한다고 쉴 틈도 없었던 그녀는, 곧바로 다음 작업을 준비했다.

'어쩌면 마법사와 대장장이와 공돌이는……'

굴리면 결과를 만들어낸다는 점에서, 비슷한 존재일지도 모른다고.

카이는 생각했다.

미드 온라인 커뮤니티에 게시글 하나가 올라왔다. 하루에도 수만 개의 게시글이 올라오는 만큼, 특별한 일은 아니었다.

-음? 이 게시글은 뭔데 조회 수가 높냐? hjw1004…… 이거 왜인지 모르게 낯익은 계정인데?

-hjw1004, hjw1004…… 그러게. 내가 이걸 어디서 봤지?

└머저리들. 작성자로 검색해 보면 될 거 아니야?

└걔 언노운 아니냐?

└개소리도 정도껏…… 이 아니라 진짜네!

작성자가 언노운이었다는 것을 제외하면 말이다. 해당 게시글은 순식간에 폭발적인 조회 수와 추천 수를 바탕으로 투데이 베스트 게시판에 올라가는 기염을 토해냈다.

게시글의 내용을 요약하면 아래와 같았다.

[내용 : 아인종들의 도시 리버티아. 그 영지는 내꺼다.

최근 드워프들에 대한 관심이 뜨겁다. 그래서 약소한 이벤트를 하나 준비하려고 한다.

이벤트의 이름은 '천하제일야장대회'. 108공방의 드워프들 중에서 최고의 명인을 뽑는 대회다.

경연에서 우승한 드워프의 공방만이 리버티아 '유일'의 공방이 될 것이다. 나머지 107공방의 드워프들은, 거래를 통해 타 영지로의 파견을 고려 중이다.

야장 대회에 많은 관심과 사랑을 부탁한다.]

당연한 말이지만, 이 게시글은 커뮤니티를 단숨에 발칵 뒤집어버렸다.

-리버티아가 언노운 소유였다고?

└언제부터? 아니, 어떻게? 아니, 왜? 어째서?

└음…… 전쟁터까지 끌어들인 걸 보면, 아인종들과 친하다는 건 알고 있었지만…….

-설마 수평적 관계가 아닌, 수직적 관계였을 줄이야!

유저들의 반응이 뜨거운 만큼, 기자들도 발 빠르게 움직였다.

[속보! 언노운. '리버티아는 나의 영지다.' 발언 화제. 이 말의 진위 여부는?]

[모험가들이 뽑은 가장 가고 싶은 도시 랭킹 6위. 리버티아의 월수

입은?]

　[아인종들의 도시. 그곳을 다스리는 이는 다름 아닌 플레이어였다.]

　[게임 해설 전문가 포터 曰 '과거 비르 평야 전투 때부터 예상할 수 있었던 일.']


　카이의 영향력은 세계 9대 길드와 견주어도 밀리지 않을 정도로 거대하다. 그의 행보와 말, 심지어는 단순한 걸음걸이 하나에도 전 세계가 주목했다. 당연히 이 정도의 폭탄을 터뜨렸는데 잠잠할 리가 없었다.

　물론 그 시각, 카이는 그 어떤 걱정도 없이 무언가를 확인하고 있었다.

　"워리어스 녀석들. 역시 일 처리가 깔끔해서 좋다니까."

　카이가 이와 같은 대형 폭탄을 서슴없이 터뜨릴 수 있었던 이유는 간단했다.

　다름 아닌 영지의 안전, 그것이 보장되었기 때문이다.

　"영지 관리 창."

　중얼거림과 동시에, 이전에는 하나만 떠오르던 창이 무려 세 개나 떠올랐다.


　[리버티아][하베로스][아르칸]

E등급의 하베로스 영지와 D-등급의 아르칸 영지. 그것은 워리어스 길드로부터 자탄 공략의 대가로 건네받은 두 개의 영지 이름이었다. 동시에 카이의 눈앞으로 기다리던 메시지가 떠올랐다.

**[세 개의 영지를 지배하는 영주가 되셨습니다.]**
**[칭호. '귀족'을 획득합니다.]**

'역시.'
지극히 예상 범주 이내의 메시지였기에 카이는 그 어떤 실망이나 감탄을 하지 않았다.
"칭호 확인."

**[귀족]**
[등급 : 희귀]
[내용 : 세 개 이상의 영지를 지배하는 이에게 주는 칭호.]
[효과 : 위엄 +100]

세 개 이상의 영지를 얻어낸 대가라고 보기에는 실로 허무하다. 하지만 스페셜 칭호가 아니라는 점을 생각하면 당연할지도. 게다가 이제 귀족 칭호를 따냈으니 어중이떠중이들에게 영지전이 걸릴 일은 없다.

'게다가 내가 영지의 주인이라는 것을 공표해 놨어. 머리가 있다면 건들지 않겠지.'

아무리 세계 9대 길드라고 할지라도, 섣불리 카이를 건드릴 수는 없었다. 이미 섣불리 건드렸다가 피를 보고 사라진 이들이 두 곳이나 되니까.

게다가 카이는 이번에 자탄 레이드에서 워리어스와 손을 잡았다.

'천화, 워리어스, 이 두 곳과 내가 친분이 어느 정도 있다는 건 이제 세상이 다 알지.'

물론, 프레이 길드가 자신의 산하에 있다는 것을 아는 이들은 없다. 그들은 성혈단과 마찬가지로 자신의 숨겨진 패, 조커와도 같은 존재다.

'이 정도면 영지의 안전은 거의 완벽해.'

쉽게 건드릴 수 없는 존재가 통치하는 영지. 가지고는 싶지만, 시도하기에는 꺼려지는 못 먹는 감이 되어버린 것이다.

그 사실에 크게 안도한 카이는 기지개를 폈다.

"후우. 그럼 이제 근래의 가장 큰 걱정거리도 해결됐고…… 경연의 준비도 카룬달이 지휘한다고 했으니…… 난 다시 한가하네."

드워프 일족이 깊게 관여된 대회였으니, 카룬달이 준비하는 것은 지극히 정상이었다. 그 시간 동안 공백이 생겨 버린 카이는 책상 위에 놓인 백색의 창을 쳐다보았다.

'그나저나 드래곤 혼, 이건 대체 어떻게 해야 되나?'

용뿔이 보유한 공격력이나 아이템 옵션은 성검과 비교해도 꿇리지 않았다. 아니, 오히려 공격력만 놓고 본다면 성검보다도 우위에 있다고 판단될 정도.

'하지만 성검을 사용하면 검술 스킬 덕분에 대미지가 증가되지만, 이건 아니란 말이지.'

성검의 공격력은 카이가 보유한 신성 스탯의 40%로 고정된다. 현재 카이의 신성력은 1,600이 조금 넘는 셈이었으니, 성검의 공격력은 640이다.

'쩝. 카밀라가 작정하고 만들어줘서 정말 쓸만한 창이 나오긴 했는데…….'

틈틈히 창술이라도 배워둘 걸 그랬다는 아쉬움이 짙게 남았다.

"어쩔 수 없지."

계륵이 되어버린 창을 안쓰럽게 쳐다본 카이는 이를 인벤토리에 넣으며 자리에서 일어났다.

"차라리 곡도였으면 블리자드한테 줄 수 있을 텐데. 아? 그러고 보니……."

블리자드. 그 녀석은 대체 뭘 하면서 살고 있을까?

사망했다는 메시지가 여태 나오지 않은 것을 보면, 녀석은 멀쩡히 숨을 쉬고 있다는 소리다.

'다른 메시지들은 시끄러워서 꺼놨지만 말이지.'

블리자드가 사냥을 할 때마다 경험치를 획득했다는 메시지. 레벨 업을 할 때마다 레벨이 올랐다는 메시지. 스탯이 오르면 또 스탯이 오른다는 메시지까지!

시도 때도 없이 자신을 괴롭히는 메시지 때문에, 카이는 녀석과 관련된 메시지를 꺼놨었다.

"흐음. 옆에 주인이 없다고 사냥도 안 하고 놀고 있는 건 아니겠지?"

눈을 가늘게 뜬 카이는 곧장 펫 관리창을 띄웠다.

'오, 미믹도 레벨이 생각보다 높아졌구나.'

미믹의 레벨은 벌써 285. 중요한 전투마다 퇴석기의 역할을 톡톡히 해주면서 경험치가 많이 오른 덕분이었다.

'블리자드는 설산에서 헤어질 때가 280레벨 정도였는데……'

과연 올랐다면 얼마나 올랐을지. 시선을 내려 블리자드의 상태를 확인하던 카이가 돌연 눈을 깜빡였다.

"……어?"

믿기지 않는 상태창이 카이의 눈앞에서 아른거렸다.


[블리자드 LV.318]

등급 : 필드 보스

포만감 : 75/100

충성도 : 98/100


**[보유 스킬 목록]**

-중급 리자드맨 검술 LV.9

-카모플라쥬 LV.7

-치유재생. Passive

-동물적인 몸놀림. Passive

-명석한 두뇌, Passive

-라시온 왕국 언어. Passive


"레, 레벨이 318이라고?"

대체 무슨 짓을 하고 다녔길래?

하지만 카이가 놀란 것은 그것뿐만이 아니었다.

"이렇게 기특할 수가 있나! 국어 공부도 정말 열심히 했구나!"

이전에는 보이지 않았던 라시온 왕국 언어 스킬!

그것이 생겨났다는 건, 블리자드가 이제 말하고, 듣고, 쓰기 정도는 할 수 있다는 소리다.

'역소환을 하고 바로 소환을 하면 블리자드를 내 눈앞으로 데려올 수 있겠지만…….'

카이는 블리자드를 보고 싶은 마음을 꾹 참았다.

'강해져서 돌아오라고. 내가 그렇게 직접 말했으니까.'

블리자드 녀석이 수행을 떠난 이유는 간단했다.

'부족 최고의 전사였던 녀석이었으니, 견뎌낼 수 없었겠지.'

스스로 믿고 따르겠다고 맹세한 자신에게, 티끌만큼의 도움도 되지 못한다는 사실이.

카이는 그 사실을 누구보다 잘 알고 있었고, 그래서 블리자드의 수행을 묵인해 줬다.

"아직 돌아오지 않는 이유는, 스스로 만족하지 못했기 때문인가."

과연 얼마만큼 성장한 뒤에야 자신을 찾아오게 될까.

언젠가 다가올 그 날을 고대하며 지금의 떨림은 간신히 억눌렀다.

"기특한 녀석. 만나면 선물로 줄 무기라도 구해놔야겠어."

카이의 발걸음이 자연스럽게 경매장으로 향한 이유였다.

"여기도 오랜만이네."

물의 도시 아쿠에리아. 카이의 손에 의해 부패한 영주가 물러난 이후, 새로운 영주가 부임된 도시였다.

'리버티아에도 경매장 시설을 건설하긴 해야 하는데……'

경매장 건설에는 큰 돈이 든다. 무엇보다, 경매장 NPC는 대부분이 인간으로 이루어져 있다.

'아인종들이 경매장을 운영하려면 기술을 배워야겠지.'

아마 똑똑한 인어들에게 교육을 하면 금세 배울 수 있을 것이다.

영지의 앞날을 생각하던 카이는 오랜만에 경매장을 방문했다.

"어서 오십…… 아이고! VIP 고객님 아니십니까?"

이미 고가의 아이템을 숱하게 판매해 온 카이는 경매장의 VIP 고객. 카이의 패를 확인한 즉시 경매장의 안내인 NPC가 물러가고, 지점장이 튀어나왔다.

만면에 미소를 띤 그는 카이를 VIP룸으로 안내하고는 입을 열었다.

"오늘은 어떤 용무로 방문하셨는지 말씀만 해주신다면, 성심성의껏 모시겠습니다."

"구매할 것도 좀 있고. 팔 것도 좀 있네요."

"아하! 그럼 구매할 물품의 카테고리를 지정해 주시고, 판매할 물건은 이쪽에 올려주시지요."

카이는 거침없이 구매 카테고리에서 '곡도'를 선택했다.

'그리고 판매할 물건은……'

걸어 다니는 보물 창고, 카이의 인벤토리가 열렸다.

# 78장
## 경매를 완전히 뒤집어놓으셨다

잠시 인벤토리를 둘러보던 카이가 두 눈을 깜빡거렸다.

'뭘 팔아야 잘 팔았다고 소문이 날까……'

현재 카이의 인벤토리는 사용하지 않는 물건으로 가득 찬 상태였다. 물론 리버티아의 대저택에 주요 재료들을 보관해 두고 오긴 했다. 그럼에도 불구하고 많이 묵직한 가방.

'지르칸이 남긴 세트는 팔지 말고 남겨둘까?'

지르칸의 그림자 로브와 마력 증폭 팔찌. 유니크 등급인 두 장비는 마법사 유저라면 천금을 들여서라도 구매하고 싶은 물건들이다. 카이에게는 당장 필요가 없는 재료이지만, 당장 필요 없는 건 돈도 마찬가지다.

'그럴 때는 들고 있는 게 답이지.'

훗날 중요한 거래를 할 때 필요할 지도 모르는 일이니까.

결국 카이는 인벤토리에서 고작 두 개의 아이템만을 꺼내 들었다.

"스킬 북이군요. 그리고 다른 하나는…… 음?"

카이가 꺼낸 것은 마기 스탯이 있어야만 습득 가능한 다크 스피어 스킬 북. 그리고 타천사의 깃털로 이루어진 루시퍼의 날개였다.

지점장은 루시퍼의 날개를 쳐다보며 조심스럽게 물었다.

"잠시 감정을 해도 되겠습니까?"

"당연히 그러셔야지요. 물건을 확인하지도 않고 위탁받으실 수는 없을 테니."

"배려에 감사드립니다."

아쿠에리아 경매장의 지점장인 지스는 돋보기안경을 꺼내 들고 거대한 날개 장식을 조심스럽게 살폈다.

**[루시퍼의 날개]**

등급 : 유니크

아무런 능력도 없는 루시퍼의 날개입니다. 다만, 취향에 따라서 장착하면 굉장히 멋있어 보일 수도 있습니다.

너무나도 간단한 설명. 하지만 루시퍼의 날개에서 무한한 가능성을 느낀 지스는 주먹을 꽉 쥐었다.

'이건…… 먹힌다!'

부유한 상단의 자식이나 귀족들. 혹은 왕족이나 명망 높은 가문의 자제들이 주로 진학한다는 아카데미. 그곳은 기본적으로 초등부와 중등부, 고등부로 나뉜다.

'그리고 대다수의 아카데미 학생들이 이겨내야 하는 관문이 있지…….'

중등부 2학년. 그 시기만 되면 학생들은 근원을 알 수 없는 자신감에 온몸을 지배당하게 된다. 고명한 약사나 신관이 와도 고칠 수 없는 이 증상을 흔히들 '중2병'이라 부른다.

지스는 확신했다.

'이 아이템은 중2병에 빠진 숱한 귀족들의 자제와 왕족, 황족이 탐낼 수밖에 없어!'

단순한 장식용 아이템이었지만, 이 정도 퀄리티의 장식용 날개는 제국에서도 보기 쉽지 않다. 지난 수십 년간, 수십만 개의 아이템을 관리한 지스조차 이런 수준의 아이템은 처음이었다. 마치 타락한 천사를 직접 때려눕히고 뜯어내온 것처럼 깃털에는 윤기가 자르르 흘렀다.

그뿐이랴?

날개를 쳐다보고 있자니 넘실넘실 뿜어져 나오는 칠흑의 기운에 빨려들어 갈 것만 같았다.

"어떻게, 감정은 다 하셨나요?"

"예, 예?"

카이의 질문에 정신을 차린 지스가 미친 듯이 고개를 끄덕였다.

"제가 수십 년 동안 아이템을 감정하고, 다뤄왔지만 이 정도 퀄리티의 장식품은 처음입니다."

"다행이네요. 마음에 들어 하셔서."

"아닙니다. 오히려 저희 지점에 이렇게 큰 기회를 주셔서 감사합니다. 최고로 비싼 가격에 낙찰받으실 수 있도록 힘써보겠습니다."

"하하. 말씀만으로도 감사하네요."

카이는 지스가 하는 말을 영업직들이 으레 하는 허세로 알아들었다. 그도 그럴 것이, 카이의 눈에는 루시퍼의 날개가 아무런 가치도 없어 보였으니까.

'아무런 능력치도 붙어 있지 않은 날개 장식일 뿐인데, 비싸 봐야 얼마나 비싸겠어?'

그는 아직 모르고 있었던 것이다. 이 세상에 중2병 환자들은 많으며, 개중에는 돈이 많은 이들도 많다는 것을.

"그리고 다크 스피어 스킬 북은…… 습득에 제한이 걸려 있군요?"

"예. 혹시 판매하는 데 무슨 문제라도 있습니까?"

"아뇨. 문제라기보다는, 습득에 제한이 걸려 있는 경우에는 경매 시작가가 조금 낮춰져서요."

"그렇군요. 상관없으니 진행해 주세요."

카이는 심드렁한 표정으로 고개를 끄덕였다. 어차피 자신이 사용할 수도 없고, 주변에 마기 스탯을 개방한 이가 있는 것도 아니었다.

'소소한 용돈 벌이인 거지.'

소소한 용돈 벌이. 카이에게 있어서 저 아이템들을 판매하는 건 그 이상도, 이하도 아니었다.

"그럼 저는 구매할 아이템 리스트 좀 훑고 있을게요."

"아! 알겠습니다. 그럼 저는 경매 시작가가 결정되면 말씀드리겠습니다."

열심히 무언가를 계산하는 지점장에게서 눈을 돌린 카이는 눈앞에 떠오른 창을 쳐다봤다. 반투명한 창에는 수천 페이지에 달하는 곡도들이 그 모습을 드러내고 있었다.

'이대로는 끝이 없겠는데.'

한두 페이지도 아니고, 무려 수천 페이지다. 그것들을 모두 둘러볼 자신이 없던 카이는 검색 필터를 사용하기로 마음먹었다.

"검색 조건 제한, 등급은 유니크 이상, 레벨 제한은 320 이상."

카이의 말이 끝나자 아이템 리스트가 자동적으로 갱신되기 시작했다.

'훨씬 낫네.'

새롭게 떠오른 페이지는 고작 하나. 유니크 등급의 곡도면서, 레벨 제한이 320인 아이템은 겨우 일곱 개밖에 없었다.

"음……."

자신의 펫, 블리자드에게 줄 선물이기 때문에 카이의 눈은 어느 때보다도 깐깐해졌다.

그렇게 둘러보기를 잠시 그는 총 두 개의 곡도를 구매하기로 마음먹었다.

"결정은 끝나셨습니까?"

"예."

지스는 경매 시작가가 결정되었는지, 가만히 카이를 기다리고 있던 중이었다.

"어떤 아이템으로 결정하셨습니까? 바로 가져다 드리겠습니다."

"이놈과 이놈으로 주십시오."

"오, 놀라운 안목이십니다."

카이가 지명한 아이템을 쳐다보던 지스가 살짝 감탄한 표정으로 말했다. 그는 곧장 대기하고 있던 직원에게 아이템을 가져오라 명했고, 카이에게 서류 한 장을 내밀었다.

"위탁을 원하시는 두 아이템들의 경매 시작가입니다. 확인해 보시지요."

"예. 뭐."

큰 기대 없이 서류를 훑던 카이의 몸이 순간 움찔거렸다.

'뭐지?'

아무리 생각해도 서류에 표기된 액수가 조금 이상하다. 자신의 눈이 잘못되었거나, 지스가 크나큰 실수를 했거나.

경우의 수는 이 두 가지 중 하나일 텐데…….

지스를 힐긋 쳐다보아도 그의 표정은 자신감에 가득 차 있었다.

'그렇다면?'

세 번째 경우의 수가 있긴 있다. 바로 저 아이템들의 적정가가 이 액수가 맞을 경우. 지스가 당당하게 그 가격에 판매할 수 있다고 생각하고 있는 경우.

'허……'

카이는 짧은 탄식과 함께 다시 한번 액수를 확인했다.


**[스킬 북-다크 스피어]**

경매 시작가 : 250골드.


미드 온라인의 주류 클래스인 마법사. 그런 클래스의 유니크 등급 스킬 북치고는 가격이 많이 저렴한 편이었다.

물론 그것은 습득 제한으로 마기 스탯이라는 괴랄한 옵션이 달려 있기 때문.

'하지만 250골드면 그래도 2,000만원이야. 용돈치고는 상당한 편이지.'

물론 그것도 스킬 북이 250골드에 팔린다는 전제하에 성립되는 소리다.

팔리지 않아서 반환될 수도 있다는 소리. 하지만 경매장의 지점장들이 매긴 경매 시작가는 신빙성이 제법 높은 것으로 알고 있다.

'뭐, 여기까지는 이해가 된다고 치자고.'

문제는 고작 장식품에 불과한 루시퍼의 날개였다.

**[루시퍼의 날개]**

경매 시작가 : 5,000골드.

5천 골드. 한화로 따지면 5억이나 되는 큰돈이다. 문제는 최종 낙찰 가격이라고 해도 충격을 받을만한 이 액수가 시작가에 불과하다는 점이다.

'그렇다면 정말 이 아이템에 그만한 가치가 있다는 걸까?'

카이는 머릿속에 떠오른 의문을 직설적으로 물었다.

"루시퍼의 날개는 왜 이렇게 비싼 가격에 책정하신 건지 여쭤 봐도 되겠습니까?"

"아, 물론입니다."

지스는 전혀 개의치 않다는 듯 자신의 생각을 천천히 설명해 주었다.

"……때문에, 저희 지점에서는 루시퍼의 날개를 경매장에 등록한 뒤, 유명한 상단과 유서 깊은 가문들, 그리고 각 왕국의 귀빈들에게 카탈로그를 보낼 생각입니다."

그의 설명을 모두 듣고 나자, 카이는 저도 모르게 자신의 무릎을 때렸다.

'그렇구나!'

세상에 돈이 남아도는 놈들은 많다.

카이도 그 정도 사실은 알고 있었다.

'하지만 옵션에 민감한 플레이어들이 이런 치장용 아이템을 살 리는 없다고 생각했지.'

그것이 카이의 실수였다. 바로 이 세계의 주민들, NPC를 장사의 대상으로 넣지 않았다는 치명적인 실수!

'그래, 지스의 말대로라면 이건 정말 중2병 걸린 애들이 좋아할 만한 아이템이야.'

칠흑의 기운을 뿜어대는 타천사의 날개. 어디 가서 자랑하기도 좋고, 직접 착용이라도 하는 날에는 멋이라는 놈이 폭발할 것이다.

'그리고 이 세계의 귀족과 대부호들의 자금력은 플레이어가 감히 상상할 수가 없지.'

당장 영지를 소유한 플레이어들이 벌어들이는 돈만 봐도 답이 나온다.

하물며 대영주나 거대 상단들, 그리고 왕궁이나 황실이라면?

'돈 냄새 진하게 나는데?'

동시에 천하제일야장대회가 끝나면 드워프들을 어디로 파견 보낼지에 대한 밑그림도 그려졌다.

'플레이어 놈들에게만 파견을 보낸다고 하면, 중간에 담합을 해도 어쩔 수 없지.'

하지만 그들이 설득할 수 없는 각 왕국에까지 파견을 보낸다면?

특히나 왕국들의 경우, 드워프에 대한 갈망이 끓어 넘치는 수준이다.

'현재 드워프가 운영하는 공방을 소유한 국가는 칼데란 제국과 오곤 제국뿐이지.'

거대 제국만이 다룰 수 있는 것이라 여겨지던 드워프제 무구!

그것을 이용할 수만 있다면, 카이의 밑으로 몰려들 군주들은 많을 수밖에 없다.

'그렇게 된다면 세계 9대 길드에게 낼 수 있는 내 목소리도 조금 더 높아지겠지.'

아무리 그들의 자금력이 풍요롭다고 해도, 이 세계의 귀족들보다는 아닐 테니까.

"좋네요. 바로 진행해 주세요."

"감사합니다! 최고의 결과를 내어 보이겠습니다."

지스가 환한 표정으로 꾸벅 고개를 숙였다.

그가 이렇게 좋아하는 이유는 간단했다. 이번 거래가 성공적으로 끝난다면, 그의 실적도 크게 올라가는 것이니까.

"아, 물건들이 왔나 봅니다."

그 사이에 카이가 주문한 두 자루의 곡도가 도착했다. 지스가 조심스럽게 상자들을 열자, 각각 백색과 청색을 띄고 있는 곡도가 눈에 들어왔다.

"다시 한번 말씀드리지만, 정말 탁월한 선택이십니다."

"그런 것 같군요."

각각 삭풍(朔風)과 훈풍(薰風)이라 불리는 아이템들이다.

'겨울철 찬바람과 초여름 훈훈한 바람이라.'

변화무쌍한 리자드맨 일족의 검술과 딱 들어맞는 성능까지 겸비한 최고의 아이템들이다.

"삭풍과 훈풍, 두 자루의 가격은 427골드입니다."

"여기 있습니다."

웬만한 세단을 한 대 뽑을 정도의 거금이었지만, 카이는 고민 없이 이를 지불했다. 어차피 자신의 통장 잔고는 거래를 하고 있는 이 순간에도 오르는 중이다. 자신의 펫을 위한 투자는 곧 자신을 위한 투자나 마찬가지였으니 전혀 아깝지가 않왔다.

'기대되네.'

과연 자신에게 돌아올 블리자드가 얼마나 더 강해져 있을지. 그리고 이 선물을 받은 놈이 얼마나 기뻐할지.

녀석의 반응을 상상하던 카이는 벌써부터 흐뭇한 미소를 지었다.

✳

경매 준비는 지스의 지휘 아래에서 빠르게, 더불어 깔끔하게 진행되었다. 옆에서 그 모습을 지켜보던 카이는 그의 솜씨에 고개를 끄덕거렸다.

'확실히 대도시의 경매장을 맡고 있는 사람이라 그런지 일 처리가 뛰어나.'

생각이 거기까지 미친 카이는 지스를 호출했다.

"카이 님. 부르셨습니까?"

"지스 님. 혹시 누군가를 가르치시는 일도 잘하십니까?"

"예? 가르치는 일이요?"

얼떨떨해하는 그를 데리고 차근차근 설명을 마치자, 지스는 흥분한 표정으로 고개를 끄덕였다.

"맡겨만 주십시오! 최선을 다해 가르쳐 드리겠습니다."

그가 이렇게 흥분한 이유는 간단했다.

'실적.'

아무리 경매장의 지점장이라고 해도 말단 회사원에 지나지 않는다. 잘못하면 언제든지 목이 달아날 수 있는 존재. 하지만 그런 존재조차 실적을 쌓으면 더 높은 곳으로 올라갈 수는 있다.

바로 눈앞의 지스처럼.

"그럼 교육받을 이들이 선정되면 이곳에 보내도록 하겠습니다."

"맡겨 주셔서 감사합니다."

허리를 꾸벅 숙인 지스는 경과를 보고하기 시작했다.

"상부에도 보고를 마쳤습니다. 위쪽에서도 제가 그린 그림을 긍정적으로 보고 있으며, 최대한 지원을 해줄 테니 한 번 붓질을 해보라는 지시가 내려왔습니다."

"그럼 이제 저희는 뭘 어떻게 하면 되는 겁니까?"

카이의 질문에 지스는 질문으로 답했다.

"카이 님. 혹시 낚시를 해보신 적 있으십니까?"

"낚시라면 어렸을 때 아버지랑 몇 번 해봤습니다. 그건 왜요?"

"오, 어렸을 때 아버지를 따라다니셨다니. 저와 비슷하시군요. 그렇다면 낚시를 할 때 가장 즐거운 시간이 언제였는지 여쭤봐도 되겠습니까?"

"음…… 그야 당연히 물고기를 낚았을 때죠?"

"저런, 그 부분은 저와 조금 다르시네요."

낮은 웃음을 흘린 지스가 말을 이었다.

"저는 물고기가 미끼를 물기 전까지의 기다리는 시간이 좋습니다. 과연 어떤 물고기가 미끼를 물지. 녀석의 덩치는 어느 정도일지 상상을 하는 것이 제법 즐거웠거든요."

"그 말씀은⋯⋯?"

"예, 저에게 있어선 지금이 최고로 즐거운 시간입니다."

해석하자면, 기다리라는 소리다. 찌를 무는 물고기가 나타날 때까지.

미드 온라인에 존재하는 경매장 세력의 규모는 어마어마하다. 거의 모든 왕국이나 제국에 골고루 위치한 그들이 하루에 수수료로 벌어들이는 돈만 해도 천문학적.

그들은 자신들의 고객을 철저하게 구분 지었다. 무언가를 구분 짓기 시작하면, 자연스럽게 아래와 위가 나뉘게 되어 있다.

경매장 VIP등급. 그것은 구분 지어진 신분의 위쪽에 자리한 등급이었다. 그 위로는 VVIP계급이 존재했지만, 아직 플레이어 중 그 등급을 쟁취한 이는 없었다.

삐익!

"음?"

"뭐지?"

"경매장에서 문자가 오다니…… 의외로군."

하지만 VIP등급이라면, 이미 많은 이들이 속해 있었다. 큰 물고기는 큰물에서 논다는 말이 있다.

대어(大魚), 랭커들 중 대다수는 아이템 거래를 활발히 하는 편이고, 오가는 액수 또한 크다. 한 마디로 그들이 경매장의 VIP회원이 되는 것은 지극히 자연스러운 일.

'VIP회원 이상만이 참여 가능한 경매가 열린다고?'

'흐음. 특별 경매가 개최된 건 여태까지 한 번밖에 없었던 일인데……'

'하지만 VIP 경매에 출품되는 아이템들은 성능 하나는 확실하다.'

'가격들이 워낙 세서 문제긴 하지만.'

'이건 가야겠군.'

경매에 참가할 자격이 되는 이들은 바쁜 스케줄을 조정하며 시간을 만들기 시작했다. 이번 경매에 참가한다는 건 단순히 아이템을 구매하기 위한 목적만은 아니었다.

'경매장의 VIP회원이 되려면 거래 가격이 최소 몇 억은 되어야지.'

'금수저가 아닌 이상, 라이트 유저들은 절대로 VIP회원이 되

지 못해.'

'한 마디로 이 경매에 참여하는 플레이어들은 모두 내 경쟁자들.'

'하지만 중요한 건 다른 플레이어 놈들이 아니야.'

특별 경매는 경매장 VIP NPC들과 안면을 틀 수 있는 가장 좋은 기회였다. 일반인 유저는 아무리 노력해도 그들의 얼굴 한 번 보기가 힘들다. 하지만 권력과 명성, 혹은 돈이라도 많다면 이런 식으로 쉽게 접근을 할 수가 있었다.

'그렇지 않아도 최근 영지 문제로 잡음이 많이 일어나는데……'

'쓸 만한 귀족이라도 하나 알아두면 나쁠 건 없겠지.'

미드 온라인이라는 가상현실게임에서 최고가 되려면, 게임을 잘하는 것만으로는 부족하다. NPC들의 비위를 맞춰줄 수 있는 친화력과, 정치력 또한 필수 요소 중 하나였다.

그 사실이 수많은 랭커들의 발걸음을 이번 특별 경매에 향하도록 만들었다.

카이는 특별 경매를 한다고 해서 따로 준비를 할 것이 없었다. 모든 부분을 지스가 알아서 해주었으니 카이가 할 것이라고는 그저 기다리는 것뿐이었다.

그리고 마침내 특별 경매가 열리는 당일. 카이는 아쿠에리아의 거대한 경매장 홀로 들어섰다.

'평소에 그렇게 북적거리던 곳이라고는 생각하기 힘드네.'

홀은 대학교의 강연장처럼, 층층이 올라간 좌석이 무대를 내려다보는 형태였다.

"오셨습니까?"

카이를 기다리고 있던 지스가 환하게 웃으며 그를 전용 좌석으로 안내했다. 가장 위층의 따로 분리된 방을 제외하면, 가장 높은 좌석이었다.

"제가 이렇게 높은 곳에 앉아도 되는 겁니까……?"

"상부에서는 이번 경매가 성공적으로 끝나면 카이 님을 VVIP 등급으로 관리하기로 결정했습니다. 저희 측에서도 이번 경매에는 들인 공이 많으니 반드시 성공적으로 끝낼 것이고요. 그래서인지 카이 님을 이번 특별 경매에서부터 VVIP 회원으로 대우하라는 지시가 내려왔습니다."

"나쁘지는 않네요."

대우를 받는데 싫어하는 인간은 어디에도 없다. 그것은 카이도 마찬가지.

"흐음."

푹신한 의자는 영화관의 리클라이너를 연상시킬 정도로 안

락했다. 그곳에 앉아서 기다리기를 잠시. 경매장의 직원들이 카이의 몇몇 좌석의 의자들을 치우고, 그 자리에 수정구를 설치했다.

"그건 뭡니까?"

그들을 가만히 지켜보던 카이가 묻자, 직원들이 깍듯이 고개를 숙이며 설명했다.

"지닌 위치나 스케줄이 바빠서 못 오시는 분들은 이렇게 수정구를 통해 경매에 참여하실 예정입니다."

"허……"

처음에 대륙의 VIP회원들을 모은다고 했을 때부터 궁금하던 부분이 지워지는 대답이었다.

'가만, 그렇다는 건 저 수정구들은 전부……'

하나하나가 다른 왕국이나 제국의 VIP 회원들.

즉, NPC들이라는 소리다.

'호오.'

지금은 아무런 빛도 들어오지 않는 수정구였지만.

경매가 시작되면 빛이 들어올 터.

카이가 수정구만 빤히 쳐다보고 있자니, 옆에 다가온 누군가가 그에게 아은 체를 했다.

"음? 네놈이 어떻게 이곳에 있는 거지?"

황급히 고개를 돌려보니, 온몸이 근육으로 가득 차 있는 적발의 노인 하나가 뚱한 표정을 짓고 있었다.

카이는 그의 반가운 얼굴을 보는 것과 동시에 자리에서 일어나며 인사했다.

"파사낙스 님!"

적탑주 파사낙스. 과거 카이에게 수백 종의 독을 분석하라고 명령하면서 스킬 성장에 도움을 준 인물이었다.

물론, 파사낙스 본인이 그걸 의도하진 않았겠지만.

"쯧, 네놈의 그 지겨운 얼굴을 이런 곳에서 보게 될 줄이야."

고개를 절레절레 흔든 파사낙스가 카이의 오른쪽에 앉으며 중얼거렸다. 카이는 아직도 자신의 손가락에 끼워져 있는 나이트 오브 나이트메어를 만지면서 입을 열었다.

"저는 다시 뵙게 되어서 좋습니다. 아! 그리고 파사낙스 님 덕분에 얻은 반지는 정말 유용하게 잘 쓰고 있습니다."

"흥. 그런 인사라면 검은색 꼬맹이에게나 해라. 그나저나……."

카이의 전신을 위아래로 훑은 파사낙스는 살짝 놀란 표정을 지으며 중얼거렸다.

"그사이에 몰라볼 정도로 강해졌군."

"과찬이십니다. 부끄러울 따름이지요."

"네놈이 부끄러워한다면, 다른 모험가 놈들은 진작 접시 물에 코를 박아 죽어야지."

파사낙스와 수다를 떨자, 순식간에 자리가 채워지기 시작했다. 자리가 채워지는 것을 쳐다보던 카이는 조용히 고개를 끄덕였다.

'역시. 플레이어들은 제일 낮은 자리에 앉게 되는구나.'

같은 VIP 등급이라고 해도 급이 있는 법. 모험가들은 가장 높은 곳에서 자신들을 내려다보는 카이를 쳐다보며 웅성거렸다.

"저기 저 위에 언노운 아니야?"

"마, 맞는 것 같은데?"

"아니, 대체 저놈은 어떻게 저기에 있는 거지?"

"비슷한 위치에 앉아 있는 NPC들을 보면 대부분이 백작급 귀족들이야."

"잠깐만…… 지금 중요한 건 그게 아니야. 옆에서 같이 대화 나누고 있는 영감은 적탑주인데?"

"저, 적탑주 파사낙스!"

대체 뭘 어떻게 해야 가장 높은 위치에 편하게 앉아 적탑주와 수다를 떨 수 있을까.

카이의 저력에 다시 한번 몸서리를 친 유저들은 입을 꾹 다물고 착석했다. 경매가 곧 시작될 것이라는 안내가 있었기 때문이다.

"흐음. 시작되려나 보군."

파사낙스의 중얼거림과 동시에, 지스가 무대 위로 올라와 꾸벅 인사를 올렸다.

"안녕하십니까. 오늘의 특별 경매를 진행할 지스라고 합니다. 우선 바쁜 시간을 내주어 저희 경매장에 참석해 주신 모든 분들께 감사의 인사를 올립니다."

"……."

인사를 받아주는 이는 단 한 명도 없었다. 하지만 지스는 오히려 그것이 당연하다는 듯 태연한 표정을 지으며 말을 이었다.

"다들 공사가 다망하신 분들이니 곧장 경매를 진행하도록 하겠습니다."

경매는 빠르게 진행되기 시작했다. 지스가 아이템의 이름과, 이에 얽힌 역사 또는 효과에 대해 설명하는 식이었다.

"으음."

"저건 괜찮은데?"

"1,200골드!"

"1,250!"

"1,300!"

특별 경매에 출품되는 유니크 등급의 아이템들은 모두 효과가 굉장했다. 기본이 수백 골드 단위에서 시작되는 아이템들. 경매가 제법 무르익었을 때, 카이가 출품한 첫 번째 아이템이 모습을 드러냈다.

"이번에 소개시켜 드릴 물품은 다름 아닌 스킬 북입니다."

지스의 말이 끝나자 모두의 시선이 집중되는 것이 느껴졌다. 스킬 북은 NPC들, 특히나 마법사들이 탐을 내는 보물 중의 보물이었다.

비록 모험가들처럼 책을 펼치는 순간 스킬을 배우지는 못하지만, 읽으면서 마법의 원리를 깨우칠 수는 있었으니까.

"스킬의 이름은 다크 스피어. 무려 마왕추종자 중 한 명이자, 대륙의 공적인 '웃는 낯의 지르칸'의 고유 스킬입니다. 때문에 배우기 위해서는 마기를 다룰 수 있어야만 합니다. 가격은 250골드부터 시작하겠습니다."

특별 경매에 참여하는 이들 중 버젓이 마기를 뿜어내는 존재는 있을 수 없다. 경매장은 도시에 위치해 있는 기관이고, 경비병이나 기사, 마법사들이 방어 인력으로 득실댄다.

"뭐야, 마기 다룰 수 있어야 한다니…… 그럼 마기 스탯이라도 있어야 하나?"

"흐음. 이번 물품은 패스. 별로 매력적이지가 못하군."

플레이어들은 대번에 고개를 절레절레 흔들며 포기 의사를 드러냈다.

'음, 역시 다크 스피어는 제값 주고 팔기가 힘든가?'

위에서 그들의 표정과 반응을 실시간으로 쳐다보던 카이의 기분이 울적해질 즈음. 옆에서 파사낙스가 탄성을 뱉어냈다.

"호오…… 그 '지르칸'이 사용하던 고유 스킬인가? 이건 제법……."

그 말이 끝남과 동시에 파사낙스가 입찰을 희망했다.

"250."

그것이 시발점이라도 되듯, 수많은 입찰이 줄을 짓기 시작했다. 신기한 것은 그들 대부분이 마법사라는 점이었다.

"300."

"325."

"380."

"500!"

'뭐, 뭐야…… 왜 다들 이렇게……?'

이해를 하지 못한 카이는 파사낙스를 쳐다보며 물었다.

"저…… 파사낙스 님. 들으셨겠지만 저 책은 마기를 다루지 못하면 하등 쓸모가 없습니다만?"

"응? 그게 무슨 소용이냐. 웃는 낮의 지르칸이 사용했다는 것만으로도, 훗날 프리미엄이 붙을 물건이 확실하다!"

"……?"

한정판이라면 사족을 못 쓰는 것은 카밀라뿐만이 아니었다.

'뭐, 뭐야. 이 마법사들 무서워…….'

진리를 탐구한답시고 탑에만 박혀 있는 괴짜들. 그들의 탐구욕과 수집욕은 상상 그 이상이었다.

"4,720!"

최종 낙찰가 4,720골드. 끝내 스킬 북을 낙찰 받은 파사낙스는 뿌듯한 미소를 한껏 지으며 카이를 쳐다봤다.

"미리 말해두지만, 만져 보고 싶다고 해도 허락해 줄 수는 없다."

"아, 예에……."

판매자가 자신이라는 것은 절대 말하면 안 되겠다고.

카이는 생각했다.

다크 스피어 스킬 북이 팔린 이후, 경매장은 한층 더 흥겨워졌다. 특히 파사낙스의 돈 주머니에 굴복한 마법사들은 패배의 설움을 달래기라도 하듯 다양한 물품에 적극적으로 입찰했다. 하지만 그 흥겨운 분위기를 온전히 즐기지 못하는 사람이 하나 있었다.

'젠장!'

시커먼 로브를 입고, 깊은 후드로 머리를 덮어놓은 플레이어. 그는 한때 검은 벌 길드의 부마스터이자, 스팅의 오른팔로 유명하던 빙제(氷帝) 라우스였다.

검은 벌 길드가 한창 잘 나갈 때는 마법사 랭킹 6위에까지 랭크되었던 인물. 하지만 카이의 손에 의해 길드가 갈가리 찢어진 후에는 랭킹도 덩달아 수직 하강. 현재는 30위권까지 떨어져서 없던 탈모까지 생겨난 상태였다.

'일이 꼬여도 이렇게까지 꼬일 줄이야.'

검은 벌이 몰락한 이후, 거의 모든 길드원들은 의리도 없이 검은 벌의 마크를 떼버렸다. 애초에 게임에서 만난 인연이란 딱 그 정도에 불과했다.

세계 10대 길드라는 타이틀을 지닌 세력이 자신을 보호할 울타리가 되어주기를 바랄 뿐. 자신이 길드를 보호할 울타리가 될 생각은 추호도 없는 이들의 모임이었으니까.

'엘프의 숲에서 치러진 전투. 그날 이후로는 하루하루 이를 악물고 사냥했다.'

반년 넘게 쏟아부었던 모든 시간과 노력이 물거품 되어버린 공허함. 그것이 라우스를 매일같이 괴롭혔다. 그래서 더 악착같이 사냥했다. 울타리가 무너졌다고 자신을 무시, 조롱하는 이들의 시선이 짜증 나서 자는 시간까지 줄였다.

하지만 사람이란 항상 곁에 있는 것의 소중함을 잃고 나서야 깨닫는 미련한 존재다.

'마법사가 길드의 지원 없이 사냥을 하는 것은 무척이나 힘들었지.'

자는 시간을 줄이고 사냥하는 시간을 더 늘렸음에도 불구하고, 랭킹은 점점 더 떨어졌다.

'길드의 서포트가 있을 때는 달랐는데 말이지.'

검은 벌의 마크만 보여줘도 헤헤 웃으면서 자리를 비켜주던 유저들은 이제 세상에 없었다. 오히려 예전에 사냥터나 던전을 빼앗겼던 이들이 복수를 위해 찾아오는 경우도 비일비재했다.

'나까지 길드 마크를 떼버리고 싶은 기분이 저절로 들 정도였어.'

라우스는 스팅과의 의리를 지키고, 그의 곁에서 떠나지 않았다. 만약 라우스가 진작에 길드를 탈퇴했었다면, 여전히 그의 인생은 장밋빛이었을 것이다. 검은 벌 길드 소속이었던 마법사들은 스카우터들이 침을 뚝뚝 흘리며 노리는 대상이었으니까.

애초에 검은 벌 길드는 재능이 출중한 마법사만을 골라 받는 엘리트 집단이었으니 당연했다.

'사실 나도 떠나려고 했었지.'

길드를 탈퇴하겠다는 말을 하기 위해 스팅을 찾아갔었다. 그리고 스팅과 만난 순간, 라우스는 생각을 바꾸었다.

'그건 절대 무언가를 포기한 눈이 아니었어.'

분노와 야망, 복수심이 한데 엮인 것처럼 타오르는 뜨거운 눈빛. 무엇보다 충격이었던 건 스팅이 그 감정을 외부로 표출하지 않았다는 점이었다.

스팅은 무슨 일이든 본인의 뜻대로 진행되지 않으면 고함부터 지르는 스타일이었다.

'그랬던 그가 변했다. 가장 가까이서 지켜봐 왔던 나기에 알 수 있는 변화였지.'

한 번의 실패를 겪으면서 스팅의 내부에서도 무언가 심적 성장이 있었기 때문이리라.

그렇게 벌은 조금 더 교묘해지고, 자신이 지닌 침을 더욱 날카롭게 갈고닦는 시간을 보냈다.

'마스터는 카이에게 패배한 이후, 오래도록 고민하셨지.'

주로 자신의 패배 원인이 무엇인지에 대해서였다. 그리고 스팅은 끝내 한 가지 결론을 내리게 되었다.

'자신의 방심과 카이의 마법 저항력이 패배의 원인이라고 말씀하셨지.'

카이의 마법 저항력은 미친 듯이 높다. 즉, 자신이 마법사인 이상 혼자서는 카이를 정면 대결에서 꺾을 수는 없다는 판단이 섰다. 그래서 스팅은 하늘을 찌를듯 고고하던 자존심을 꺾고, 골리앗을 찾아갔다.

'두 사람은 합이 잘 맞았다.'

우선 그들은 많은 공통점을 가지고 있었다. 한때 최고였으나 카이에게 패배해 밑바닥 신세가 되었다는 점, 그리고 참을 수 없는 분노에 휩싸여 있다는 점.

골리앗은 스팅이 자신을 찾아온 순간 아무 말 없이 악수를 청했고, 스팅은 그 손을 잡았다.

'그렇게 리벤지 길드가 탄생했다.'

리벤지(Revenge) 길드. 이름에서부터 알 수 있듯이, 오직 한 사람을 파멸시키겠다는 목적에서 만들어진 길드였다.

물론 규모 자체는 크지 않았다. 고작 25명 정도만이 소속된 조그마한 길드. 하지만 소속된 길드원들은 함부로 무시하기에는 꺼려지는 중위권의 랭커들이었다.

'그리고 마침내 기회가 찾아왔다.'

무도가인 골리앗, 그리고 마법사인 스팅.

두 사람이 반전의 기회를 손에 넣은 것이다.

'히든 클래스.'

그것도 세간에 알려진 일반적인 히든 클래스가 아니었다.

'일반 유저들은 꿈에도 모르겠지.'

히든 클래스에도 등급이 나뉘어져 있다는 것을 말이다. 그 것은 대형 길드를 운영해본 이들 정도만이 알 수 있는 공공연한 사실이었다.

'일반적인 히든 클래스는 영웅 등급이다.'

보통 커뮤니티에 소개되는 대부분의 히든 클래스가 바로 영웅 등급에 소속되어 있었다. 하지만 스팅과 골리앗이 수행하고 있는 전직 퀘스트는 그보다 높은 등급이었다.

'무려 신화 등급의 히든 클래스지.'

신화 등급!

입안에서 몇십 번이고 굴려보았지만, 아직도 곱씹을 때마다 황홀한 기분이 들었다. 심지어 한 사람도 아니고 두 사람이 동시에 히든 클래스 퀘스트를 받다니. 이건 카이에게 복수를 하라는 운명의 계시라고밖에 생각되지 않았다.

'쯧. 파멸의 마도사로 전직할 예정인 마스터에겐 다크 스피어 스킬이 딱이었을 것 같은데…'

파멸의 마도사는 무려 마왕으로부터 파생된 직업이었다. 스팅은 그 퀘스트를 진행하는 것만으로도 마왕 추종자들의 비호를 얻을 수가 있었다. 당연히 전직을 완료하면 마기 스탯이 개방될 것이라는 단서 또한 알아낸 상태였다.

'하지만 설마 저런 복병을 만나게 될 줄이야……'

적탑주 파사낙스.

모험가고 NPC고, 마음에 안 들면 우선 태워버리고 시작한다는 미친 마법사다. 저 종잡을 수 없는 노인이 수집가로도 유명한 것은 알고 있었지만, 이렇게 일이 꼬일 줄이야.

'쯧. 예전처럼 스폰서를 자처해 주는 기업들이라도 있으면 모를까.'

현재 상황에서는 고작 스킬 하나에 몇 억씩 투자할 수가 없었다. 게다가 적탑주의 지갑은 절대 쉽게 마르지 않을 것이다. 아마 계속해서 입찰 경쟁을 해나갔다면 10억을 넘겼을 수도 있을 터.

'부가적으로 적탑에 제대로 찍히는 효과까지 일어났겠지.'

옅은 한숨을 내쉰 라우스는 운이 없었다고 생각하며 다시 경매에 집중했다. 물론, 라우스는 그 시각 카이의 시선이 자신을 향해 있으리라고는 상상조차 하지 못했다.

'저 녀석은 대체 정체가 뭐지?'

현재 카이가 위치한 좌석은 굉장히 높다. 무려 적탑주 파사낙스의 옆자리일 정도이니, 경매장 측에서도 파격적인 대우를 해준 셈이다. 그 때문인지 아래쪽의 인물들이 무엇을 하는지는 아주 훤하게 들여다보였다.

개중에 카이의 눈길이 향한 것은 단연 라우스였다.

'저 시커먼 로브를 뒤집어쓴 녀석이 다크 스피어 스킬 북을 입찰했어.'

다크 스피어는 마기 스탯을 개방하지 않는 이상 쓰레기나 다름없는 스킬 북이다. 카이가 판매하기로 결심한 것도 그와 같은 연유에서였다.

'흐음, 단순한 취미 때문은 아닌 것 같단 말이지.'

만약 적당한 가격에서 손을 털고 물러났다면 이런 의심도 하지 않았을 것이다. 하지만 그는 경매가가 5억 가까이 찍힐 때까지 바짝 쫓아왔었다.

'그러고는 상대가 파사낙스라는 것을 확인한 후에야 입찰을 포기했지.'

물론 마법사들의 수집욕이 상당하다고 하지만, 쓸모없는 아이템 하나에 몇 천 골드씩 소비할 정도로 미치거나, 부유한 자는 몇 없다.

'파사낙스야 마탑 하나를 이끌고 있으니 저만한 돈을 펑펑 쓸 수 있는 거고.'

다른 마법사들은 어딘가에 고용되어 포션을 만들거나, 연구를 진행하고 사냥을 해야 돈이 생긴다. 그것은 플레이어도 마찬가지였다.

'플레이어가. 그것도 자신이 습득할 수 없는 스킬 북을 5억이 될 때까지 따라붙는다?'

정말 수집욕 하나 때문에 그런 거라면 할 말이 없지만, 그게 아니라면 이유는 하나뿐이다.

'설마 마기 스탯을 개방한 유저인가?'

그를 유심히 쳐다보는 카이의 두 눈은 이미 호기심으로 가득 차 있었다.

경매는 계속 진행이 되었다.

다크 스피어 스킬 북이 낙찰된 지도 어언 두 시간째. 살짝 지친 표정을 보이던 지스가 돌연 밝은 목소리로 입을 열었다.

"아까 제가 오늘 이 자리에 참여해 주신 모든 분들께 감사 인사를 드렸지요. 이번에는, 이 자리에 참여해 주신 모든 분들께 축하 인사를 드리겠습니다."

"음?"

"무슨 소리지?"

수많은 NPC와 플레이어들이 지스의 말을 듣고 고개를 갸웃거렸다.

그들의 시선을 한 몸에 받은 지스는 반응에 흡족해하며 두 팔을 힘껏 펼쳤다.

"먼 옛날, 여러 신들을 보필하던 4명의 천사가 있었습니다."

그것은 이 자리에 참석한 모든 NPC가 알고 있는, 4대 천사의 이야기.

"천계에서 가장 강력한 힘을 지닌 4명의 천사. 그중에서도 강력한 것은 다름 아닌 루시퍼였지요."

하지만 그는 스스로의 강력함에 심취한 나머지 천계를 배반하고 제 발로 지옥에 떨어졌다. 지옥에서 마왕의 피를 머금고 타락한 천사가 되어버린 루시퍼. 그건 NPC라면 어린 시절 한 번씩은 들어봤을 법한 오래된 전설이었다.

지스가 잠시 말을 멈추자 여러 NPC와 수정구들로부터 중얼거림이 쏟아져 나왔다.

"유명한 일화지."

"예전에 마왕이 대륙에 강림했을 때 루시퍼도 함께 나타났다는 기록을 본 기억이 나."

"그런데 대체 무슨 물건을 팔기 위해 저런 이야기를 꺼낸 건지 궁금하군."

"흐음. 아무리 물건을 판매하고 싶어도 종교를 끌어들이는 건 좋은 판단이 아닐 텐데."

"저 친구, 오늘 하루 진행을 깔끔하게 하더니 마지막에 실수를 저지르는군."

그들의 말이 맞았다. 이미 4대 천사와 타천사 루시퍼라는 이름이 나왔다. 그것만으로도 구매자들의 기대를 한껏 끌어모을 수는 있다.

'하지만 때로는 그 기대치가 독으로 작용할 수도 있지.'

높아져 버린 기대치를 충족시키면 최고의 마케팅이 될 것이고, 반대로 높아진 기대치를 충족시킬 수 없다면 희대의 악수(惡手)가 될 것이다.

물론 카이는 남몰래 씨익 입꼬리를 올렸다.

'지스. 보면 볼수록 제법인데?'

단순히 아이템을 소개/판매하는 것뿐만이 아니었다. 사전에 간단한 설명과 이야기를 통해 아이템에 대한 기대치를 높이는 것이 그의 주 장기였다. 만약 카이도 곧 나올 아이템의 정체에 대해 알지 못했다면, 이 자리의 모두와 같았을 것이다.

'궁금해서 미치겠지.'

TV에서 곧잘 방영하는 경연 프로그램에서 우승자를 발표하기 직전처럼 침이 꿀꺽 삼켜지고 발이 절로 동동 굴러지는 초조함이 느껴졌을 것이다.

웅성웅성.

지스가 천천히 손을 들어 올리자, 장내의 중얼거림이 거짓말처럼 뚝 사라졌다. 그 고요해진 장내를 천천히 살펴보던 지스는, 더 이상 설명을 추가하지 않고 깔끔하게 마무리를 지었다.

"소개합니다. 천계의 배반자가 죽으면서 남긴 유품, 루시퍼의 날개입니다."

드르륵, 드르르륵.

화려한 크리스탈 박스를 싣고 있는 수레가 무대 위로 굴러왔다.

"저, 저건 설마……."

"진짜 루시퍼의 날개라고?"

"말도 안 돼!"

무대 정중앙을 자리 잡은 크리스탈 박스. 그리고 그 안에 보관되어 있는 칠흑의 날개 장식을 두 눈에 담은 순간.

NPC들은 비명과 함께 자리를 박차고 일어났다.

크리스탈 박스 안에 잘 전시된 흑색의 날개는 고고했다. 깃털들은 인간 따위가 자신을 구경한다는 사실에 자존심의 상처를 입기라도 한 것처럼. 잠시도 쉬지 않고 흑색의 아우라를 줄기줄기 뿜어대고 있었다.

"루시퍼의…… 날개……."

"하피가 지닌 날개 따위와는 차원이 달라."

"진짜로 진품인가?"

하지만 진품이 아니라면 대체 무엇이란 말인가. 과연 인간이, 아니, 설령 드워프라 할지라도 이 정도 퀄리티의 날개를 만들 수 있을까?

자리의 그 누구도 확신하지 못했다.

"우선 흥분을 가라앉히고 자리에 앉아주시면 감사하겠습니다."

지스의 부드러운 음성이 귓가로 찾아오자, 뒤늦게 정신을 차린 NPC들이 자리에 앉았다.

"흠, 흠!"

"크흐흠. 이거 부끄러운 모습을 보였군."

"뒤통수를 얻어맞은 것처럼 정신이 멍해서 그만……."

머쓱한 표정을 지은 이들이 자리에 앉은 것을 확인한 지스는 무대 뒤편을 향해 손짓했다.

"이 날개는 진짜 루시퍼의 날개가 맞습니다. 그 사실을 입증하기 위해 판매자가 직접 증명서까지 보내셨으니 안심하셔도 좋습니다."

"증명서?"

"그게 가당키나 한 말인가?"

루시퍼는 타락한 천사다.

그 녀석이 정말 죽어서 날개를 남겼다고 하더라도, 이를 증명해 줄 이는 어디에도 없다. NPC들이 고개를 갸웃거리기를 잠시, 직원들이 새로운 크리스탈 박스를 조심스럽게 옮겨왔다. 이번 것은 날개가 들어 있는 것과 비교하면 훨씬 작은 크기였다.

하지만 지스의 소개가 이어지는 순간, NPC들은 저도 모르게 다시 한번 일어났다.

"루시퍼가 죽으면서 남긴, 대악마의 심장입니다."

두근, 두근!

박스 안에 들어 있는 것은 여전히 세차게 뛰고 있는 루시퍼의 심장. 이를 쳐다본 파사낙스는 입을 쩍 벌리더니 자리에서 벌떡 일어나 소리쳤다.

"시, 심장은! 심장은 판매하지 않는 것인가?"

마왕이 대륙을 침공한 것도 벌써 수백 년이나 흘렀다. 지금 같은 평화의 시기에는 대악마를 찾아보는 것조차 힘들었다. 하물며 대악마가 죽어서 남긴 심장이라니…….

'저건 천금을 주더라도 구매해야 할 보물이다!'

특히, 경매에 참여한 마법사들에게는 단체로 지름신이 강림했다. 하지만 지스는 송구한 표정으로 고개를 절레절레 흔들었다.

"안타깝게도 판매자분께서는 날개의 판매만을 원하셨습니다. 죄송합니다."

"끄웅······."

"아······!"

수많은 마법사들의 신음과 탄식이 곳곳에 깔렸다. 판매자가 누구인지 알 수 있다면, 어떤 값을 지불해서라도 루시퍼의 심장을 손에 넣고 싶은 것이 마법사들의 솔직한 심정이었다.

'하지만 판매하지 않는다고 한 이상, 어쩔 수 없지.'

'날개. 지금 구입할 수 있는 건 날개뿐이야.'

'가격이 대체 얼마까지 올라갈지······.'

조용히 자리에 앉은 NPC들은 입을 꾹 다물고 서로의 눈치만 살폈다. 그 묵직한 공기 속에서, 플레이어 하나가 눈치 없이 손을 들었다.

"날개의 시작가는 얼마입니까?"

"5천 골드입니다."

"히익!"

특별 경매에서 5천 골드는 아무것도 아니었다.

그러나 날개의 가치를 알지 못하는 일반 유저들의 눈에는 가지로 보일 수밖에 없었다.

물론, 두뇌 회전이 빠른 9대 길드의 관계자들은 NPC들의 반응을 살피고는 눈을 빛냈다.

'사치를 안 부리기로 수도에 소문이 자자한 바뉴 공작이 저렇게 욕심을 부릴 물건이라고?'

'미드 온라인의 마법사 NPC들은 워낙 미친놈들이 많으니 그럴 수 있다고 쳐도……'

'이 날개, 대체 무슨 의미를 갖고 있기에 NPC들이 이렇게 환장을 하는 거지?'

세계 9대 길드 정도를 굴리는 입장이라면, 5천 골드. 5억이라는 돈은 때때로 아무것도 아니다.

특히 입을 꾹 다물고 있는 발칸의 경우, 얼마 전 자탄 레이드에서 잭팟을 터뜨렸다. 그는 천천히 자신의 번호표를 들어 올리며 입을 열었다.

"5천 골드."

그것이 시작이었다. 돈 냄새를 맡은 블랙마켓의 산드로가 그 뒤를 바짝 추격했다.

"5,100."

세계 9대 길드의 마스터 중 2명이 입찰은 원한다. 그 사실을 쳐다본 무소속 랭커들은 고개를 절레절레 흔들며 별들의 전쟁을 구경하기로 마음먹었다.

'세계 9대 길드 중 이 경매에 참여한 건 니혼이치와 타이탄을 제외한 일곱 길드.'

그리고 그 일곱 길드의 마스터 모두가 날개의 가격을 한껏 끌어올렸다.

"1만 골드."

"1만 2천."

"1만 3천."

상대적으로 뛰어난 재력을 지닌 워리어스와 블랙마켓, 천화 길드가 삼파전을 벌이는 상태. 다른 길드들은 1만 골드가 넘어가는 순간 입찰 레이스를 깔끔하게 포기했다.

'하긴, 그들의 입장도 이해는 가.'

저 날개를 사서 친해지고 싶은 NPC에게 바친다면 일을 수월하게 풀어나갈 수 있을 것이다.

하지만 그것만이 정답은 아니었다. 1만 골드나 들인다면, 굳이 그 방법이 아니어도 동원할 수 있는 방법은 많다.

물론, 그건 저 날개의 진정한 가치를 알지 못해서 내릴 수 있는 판단이겠지만.

"2만 골드."

블랙 마켓의 산드로가 당당하게 선언하며 설은영을 노려봤다. 더 이상 거머리처럼 따라붙지 말고 얌전히 꺼지라는 무언의 선포였다. 하지만 겨우 그 정도 협박에 겁을 먹을 설은영이 아니었다.

그녀가 천천히 번호표를 들며 2만 5천 골드라는 말을 꺼내기 직전.

조금 더 위쪽, 그러니까 웬만한 플레이어가 앉지 못하는 위치에서 목소리가 흘러나왔다.

"5만 골드."

"……!"

모든 플레이어들의 시선이 뒤로 돌아갔다. 그들의 시선을 한데 받은 이는 상당한 미소년이었다. 그는 자신을 쳐다보는 모험가들의 시선에도 아랑곳하지 않고, 태연한 표정으로 날개만 쳐다봤다.

"오오, 바늄 공작님의 자제분께서 5만 골드에 입찰을 해주셨습니다."

지스는 올 것이 왔다는 표정을 지으며 그의 씀씀이를 찬양했다.

'이제 시작인가.'

그 광경을 지켜보던 카이의 입꼬리도 올라갈 수밖에 없었다.

'플레이어들의 입찰이야 준비 운동이나 다름없어.'

이전에 지스가 말한 것처럼, 어차피 루시퍼의 날개 주요 타깃층은 NPC, 그것도 각 왕국의 고위 NPC들이다.

지금에야 유저들이 5만 골드라는 액수에 입만 떡하니 벌리고 있지만…….

'벌써 놀라면 안 될 텐데?'

카이는 저들의 표정이 어떻게 바뀌게 될지를 기대하며 낮은 웃음을 흘렸다.

"5만 5천."

"6만."

"6만 2천."

각 대륙의 고위 귀족, 거대 상단, 심지어 아카데미의 교장 아들내미까지!

대륙의 내로라하는 인물의 아이들이 화려한 1차전을 시작했다.

'흠. 눈 깜짝할 사이에 15만 골드까지 올라가 버렸군.'

'젠장, 이제 슬슬 나 혼자로는 한계인데……'

'루시퍼의 날개를 아버지께 선물하여 기쁘게 만들어 드릴 심산이었거늘.'

그들은 입찰가가 올라갈수록 초조한 표정을 지었다.

15만 골드, 한화로는 무려 150억이 넘어가는 천문학적인 액수!

"15만, 15만에서 더 없으십니까?"

오곤 제국의 황태자가 15만이라는 액수를 부른 뒤로 한동안 경매장 내부는 조용했다.

하지만 그것도 잠시. 그의 유일한 맞상대라 칭할 수 있는 칼데란 제국의 황태자가 고심 끝에 가격을 확 올려 버렸다.

"20만 골드."

두 황태자 모두 이 자리에 직접 참여할 수는 없었기에, 수정구의 힘을 빌리는 상태였다. 그럼에도 불구하고 그의 오만한 목소리에선 더 이상 까불지 말라는 도발이 느껴졌다.

"감히……."

오곤 제국의 황태자가 상위 입찰을 하기 직전.

그의 귓가로 익숙한 목소리가 들려왔다.

"50만 골드."

"……!"

경매장 내부의 사람들이 입을 쩌억 벌리며 그 과감한 배포에 경악했다. 심지어 지스조차 이 정도의 호황은 예상 못 했는지, 더듬거리는 목소리로 말을 이어갔다.

"오, 오곤 제국의 황제 폐하께서…… 50만 골드에 루시퍼의 날개를 이, 입찰하셨습니다."

오랜 옛날부터 애들 싸움이 어른 싸움이 된다는 말이 있다. 바로 지금 같은 상황을 두고 하는 말이다. 물론 유저들의 머릿속은 이미 새하얗게 표백되어 아무 생각도 할 수 없는 상태였다.

'아, 아니. 물론 저 날개가 멋있는 건 알겠는데…….'

'아무리 살펴봐도 특별한 능력치 상승 효과는 안 보이는데?'

'저게 뭐라고 50만 골드나 부르는 거야……?'

패닉에 빠진 유저들. 그들은 끝까지 이해하지 못할 것이다. 하지만 카이는 어렴풋이 저 정도의 가격이 나온 이유를 유추

할 수 있었다.

'루시퍼는 시미즈의 권능으로 겨우 쓰러뜨릴 수 있었던 지옥의 대악마야.'

대악마라는 존재가 이 대륙에서 지니는 의미는 상당했다. 대륙의 모든 국가는 기본적으로 태양신 헬릭을 받드는 태양교를 국교로 두고 있다. 당연하게도 지옥의 존재들이라면 끔찍하게도 싫어할 수밖에 없다.

게다가 루시퍼는 '천계의 배반자'라는 타이틀까지 지니고 있는 유일한 존재.

'루시퍼의 날개를 구입하기만 하면, 정말 대대적으로 국가 홍보를 할 수 있겠지.'

대악마 루시퍼의 날개가 보관된 나라. 그것을 보기 위해 대륙의 모든 탐험가나 고고학자, 역사학자들이 나라를 방문할 것이다.

그뿐만이 아니었다.

'다른 곳은 가지지 못한 것을 자신이 가지고 있다는, 허영심 또한 채울 수 있어.'

자리가 사람을 만든다는 말이 있다. 높은 위치에 자리할수록, 매사에 행동을 조심하고 좋은 모습을 보여줘야 한다는 소리다.

하물며 대륙에 존재하는 두 개의 제국. 오곤과 칼데란의 주인들이 지닌 자존심이라면 이제 개개인의 것이 아니다.

그들 스스로가 제국의 얼굴을 나타낸다고 표현해도 과언이 아닐 정도.

'이거, 어쩌면 일이 생각보다 커지겠는데……?'

물건은 하나. 그런데 그 물건을 둘러싸고 두 제국이 맞붙어 버렸다. 루시퍼의 날개를 낙찰받지 못한 제국은 무슨 소리를 듣게 될지.

카이는 벌써부터 곤란한 심정을 느꼈다.

"55만 골드."

"60."

"70."

과연 무소불위의 권력을 자랑하는 황제들. 라시온을 비롯한 왕국의 국왕들 또한 수정구를 빌어 이 경매에 참여하고 있었지만. 저 두 사람의 맞대결에 발을 들여놓을 정도의 담력은 없었다.

그 상황에서 칼데란 제국의 황제가 먼저 상대를 도발했다.

"오곤 제국은 최근 국경 지대가 많이 밀려난 것으로 알고 있는데, 이럴 돈으로 병사들의 무구나 지원해 주는 것이 좋지 않겠나?"

"걱정해 줘서 고맙지만 괜찮네. 대륙 최대 크기의 영토를 지배하는데 그 정도는 감수해야 되지 않겠나."

목소리는 진심으로 서로를 걱정해 주는 것처럼 부드러웠지만, 날카로운 기세는 그러지 못했다. 숨 쉬는 것조차 멈춰 버린 공간 속에서 서로를 도발하던 두 거인들은 다시 가격을 올리기 시작했다.

이어지는 침묵.

두 사람이 마치 끝말잇기라도 하듯 의미 없는 숫자를 주고받는 시간은 억겁처럼 길게 느껴졌다.

고작 3분.

하지만 체감 시간은 3시간이 넘어가는 그 시간 동안, 입찰가는 150만 골드를 돌파해 버렸다.

'……맙소사.'

1,500억.

두 사람 중 누가 승리를 하게 되더라도, 카이는 웃을 수밖에 없는 상황이다. 하지만 여전히 숫자는 올라가고 있는 상태.

그때 옆자리의 파사낙스가 조그맣게 중얼거렸다.

"큰일이군. 루시퍼의 날개를 반으로 찢어서 가져가라고 할 수도 없고…… 이렇게 된다면 누가 이기든 제국들의 국경선에선 한바탕 피바람이 불겠어. 하긴, 보물은 하나밖에 없기에 보물이라 불리는 것이지만."

'고작 이딴 일 때문에 피바람이 불어?'

카이는 이 경매로 인해 목숨을 잃을 NPC들을 생각하며 뜨악한 표정을 지었다.

하지만 그러기를 잠시, 카이는 파사낙스의 말을 다시 한번 곱씹어봤다.

'보물이 하나밖에 없다고?'

카이가 시선을 무대 위로 향했다.

그의 눈에 들어온 것은 두 개의 크리스탈 박스.

거기에는 각각 날개와 심장이 들어 있었다.

'가만, 이거 혹시?'

팽팽 돌아가기 시작하는 카이의 머리!

현재 두 제국의 주인들은 하나밖에 없는 물건을 가지기 위해 떼를 쓰는 중이다.

'하지만 보물이 두 개라면……'

루시퍼의 심장은 날개와 비교해서 꿇릴 것이 하등 없는 보물이다. 아직까지 펄떡거리면서 뛰고 있는 심장은 학술적으로도 매우 큰 가치를 지니고 있으니까.

'저것까지 판매하면 모든 게 해결되는 거잖아?'

두 황제는 서로의 자존심을 지켜서 좋고, 자신은 받을 돈이 두 배로 뛰어서 좋다.

이것이야말로 누이 좋고, 매부 좋다는 게 아니고 무엇이겠는가?

빠르게 결정을 내린 카이가 왼쪽 손가락을 까딱거리며 중얼거렸다.

'미믹.'

꿀렁꿀렁.

슬라임의 형태로 조용히 소환된 미믹이 카이의 발치에서 꿈틀거렸다.

카이는 두 황제의 신경전에 정신이 팔려 있는 파사낙스의 눈치를 보면서 조심스럽게 미믹을 토끼 형태로 변화시켰다.

'이걸 몰래 무대 뒤편의 직원에게 전해줘.'

미믹의 입에 쪽지를 물린 카이는 미믹의 앙증맞은 두 귀를 톡 건드렸다. 그러자 빠르게 사라지는 미믹.

"음?"

잠시 후, 무대 위로 경매장 직원 하나가 올라와 지스의 귓가로 무언가를 속삭였다.

동시에 안면이 환해지는 지스.

그는 카이가 있는 좌석을 바라보고 싶은 감정을 꾸욱 참아내며, 천천히 입을 열었다.

"잠시, 두 제국의 황제께서는 입찰을 멈춰주시겠습니까?"

그때는 이미 입찰가가 210만 골드까지 치솟은 상황이었다.

"……뭐지?"

"한창 재미있었거늘."

두 황제의 말 속에 숨겨진 뼈를 읽어낸 지스가 침을 꿀꺽 삼키며 말을 이었다.

"방금 전에 판매자로부터 연락이 왔습니다. 가능하다면 평소에 흠모하던 황제 폐하께 두 분께 날개를 드리고 싶다고."

"그건 불가능하다."

"설마 저 날개를 반으로 찢으라는 소리는 아니겠지?"

"아닙니다. 판매자는 본래 판매할 의사가 없던 루시퍼의 심장도 판매하겠다는 의사를 내비쳤습니다."

"……루시퍼의 심장을?"

"흐음."

두 황제의 말수가 갑자기 줄어들었다.

나름대로 머리를 굴리며 계산을 하고 있을 터.

물론 도출될 결과는 뻔했다.

"그렇다면 나는 루시퍼의 심장을 210만 골드로 입찰하겠다."

"나는 같은 가격에 날개의 낙찰을 원한다."

마도를 추구하는 오곤 제국에서는 루시퍼의 심장을, 무를 숭상하는 칼데란 제국에서는 루시퍼의 날개를 원했다.

서로의 이해가 완벽하게 맞물린 상황.

더 이상 시간을 질질 끌 이유는 없었다.

무엇보다 지스는 아까부터 숨도 쉬지 못하는 참여자들을 위해 황급히 경매를 마무리 지었다.

"오늘의 경매는 여기서 마치겠습니다. 이 자리에 참여해 주신 모든 분께 다시 한번 감사의 인사를 올립니다."

무대의 막이 내리고, 반짝이던 수정구들이 꺼지기 시작했다.

'끄, 끝났다.'

만족스러운 쇼핑을 마친 두 황제는 기분이 좋아 보였기에, 피바람이 불 일은 없어 보였다.

'하지만……'

두근두근.

이번에는 루시퍼의 심장이 아닌, 카이의 심장이 쿵쾅거리며 뛰기 시작했다.

심장과 날개. 도합 420만 골드에 팔린 두 개의 물건. 대륙의 신화까지 관통하고 있는 의미 있는 물건들이기에 가능한 액수다.

'420만 골드면……'

한화로 무려 4,200억.

그 말도 안 되는 수치의 금액은, 두 시간이 채 지나기 전에 카이의 인벤토리로 입금되었다.

# 79장
## 더 큰 거래

카이는 저도 모르게 제 볼을 꼬집어보았다.

꾸우욱.

"아……."

손가락에 꼬집힌 볼살은 실제 피부처럼 짓눌렸다. 게임이라서 크게 아프지는 않았지만, 꿈이 아니라는 것을 깨달을 수준은 되었다.

'꿈이 아니구나.'

420만 골드. 두 제국의 황제는 경매가 끝나고 얼마 지나지 않아 그 대금을 지불했다.

'물론 420만 골드를 온전히 받은 건 아니었지만.'

경매장 수수료 10%인 42만 골드를 경매장 측에 지불했기 때문이다. 420억이라는 거금이 수수료로 빠져나간 것은 지금 생각해도 아쉬움이 남는다.

하지만 배가 아플 정도까지는 아니다. 로또 1등 당첨자가 세금으로 몇억을 낸다고 슬퍼하지는 않는 법이니까.

'지금 내 손에 수천 억이 있는데, 수수료가 문제겠어.'

378만 골드, 한화로는 3,780억가량 되는 돈이다.

카이가 이 돈을 받자마자 가장 떠올린 생각은 세금이었다. 하지만 인터넷 기사를 검색하기를 잠시, 그의 안색은 빠르게 밝아졌다.

'다행히 아직 가상현실게임 화폐의 세금 관련 법안이 시행되지 않고 있구나.'

세금을 뜯어낼 수만 있으면 눈을 빨갛게 뜨고 달려드는 것이 정부다. 하지만 가상현실은 이미 국민들의 생활 전반에 깊숙하게 스며든 상황이다. 잘못 건드리는 순간, 지지율을 포함하여 차기 대선에 심각한 지장을 줄게 불 보듯 뻔했다. 그 때문에 정부는 가상현실게임 관련 법안을 아기 다루듯 조심스럽게 대하는 중이었다.

'게다가 명분도 찾아야 하지.'

정부에서 세금을 걷으려면 당연히 그에 걸맞은 '명분'이 있어야 한다. 하지만 정부가 방구석에서 게임하는 플레이어들에게 뭘 해줬을 리가 없다. 때문에 세계의 각 정부는 지난 1년 동안 명분을 찾느라 진땀을 빼는 중이었다.

'뭐, 아예 플레이어 자체를 하나의 직업으로 만들겠다는 소리도 들리긴 하지만.'

지금 당장은 게임에서 얼마를 벌든 대한민국 정부에 세금을 낼 필요가 없다.

"허허."

몇 번을 생각해도, 인벤토리의 보유 골드를 몇 번이나 확인해도 이 상황이 믿기지 않았다. 바람이 시린 날의 폭신한 구름 위를 걷는 것처럼 온몸이 붕 떠 있는 기분.

"……무서워서 로그아웃도 못 하겠네."

혹시라도 로그아웃을 하게 되면 이 돈들이 사라질까봐, 해킹이라도 당할까봐 두려울 정도.

이것도 일종의 병이다.

'일단 얼마 정도라도 골드를 현금으로 바꾸자.'

하지만 이 큰돈을 한 번에 환전 시장에 내놓는 것은 멍청한 짓이다. 개인이 4천억에 가까운 골드를 한 번에 풀어버리면, 눈에 띌 수밖에 없으니까.

게다가 카이가 신경 써줘야 할 의무는 없지만 골드 시세에도 어느 정도 영향은 가게 될 것이다.

'그러니 환전은 대충 200만 골드 정도만 할까.'

카이는 여태까지 리버티아라는 장소에 큰 기대나 욕심을 부리지 않았다. 다달이 쏠쏠하게 세금을 걷을 수 있는 영지, 그 이상도 이하도 아니었으니까.

'하지만 총알이 이 정도로 두둑하다면 이야기가 달라지지?'

이번에 제국의 주인들이 지닌 씀씀이를 보고 깨달았다.

'황제들은 220만 골드를 1시간도 안 되서 아무렇지도 않게 내놓을 수 있어.'

그것이 가능한 이유는 간단하다. 그들이 제국의 황제들이기 때문이다.

'제국의 힘이 대단하다는 이야기는 숱하게 들었지만, 그 정도일 줄이야.'

쉽게 설명하자면, 제국을 현대의 미국에 대입시키면 이해하기가 쉽다. 다른 나라들의 몇 배, 많게는 몇 십배나 되는 돈을 오직 국방비로만 쓰고 있는 나라.

당연히 매년 국가 예산은 상상을 초월할 정도다.

'심지어 여긴 현대가 아니지.'

대를 이어서 국가의 권력과 재력을 세습할 수가 있다. 황제들의 힘은 한 번에 만들어진 것이 아니라, 두 제국의 수백 년 역사에서 비롯된다.

'그럼 만약 내가 지닌 영토들이 지금보다 훨씬 더 성장한다면?'

굳이 제국이나 왕국처럼 멀리 갈 것도 없다. 자신이 보유한 세 개의 영지, 리버티아와 아르칸, 하베로스만 잘 키워도 남부럽지 않게 잘살 수 있다.

'아, 물론 지금도 남들이 부럽지는 않지만.'

하루아침에 수천억 대 자산가가 된 슈퍼리치가 대체 누굴 부러워하겠는가.

만약 카이가 돈이 삶의 목적인 사람이었다면, 오늘 당장 지닌 아이템들을 모두 처분하고 수천억을 현금으로 환전하여 떵떵거리며 살았을 것이다.

'하지만 그건 싫어.'

카이는 미드 온라인이라는 세계가 좋았다. 만들어진 인공의 세계라는 건 알지만, 망가진 자신의 인생을 뒤바꿔준 세계다.

'이 세계의 끝을 보고 싶다.'

물론 MMORPG에 엔딩 따위는 없겠지만.

피식 웃음을 흘린 카이가 돌연 신음을 뱉어냈다.

"아! 그러고 보니 아까 그 유저……."

다크 스피어 입찰을 했던 흑색 로브를 입은 유저.

그에게 이것저것을 물어보려고 했는데, 수천억이라는 액수에 정신이 팔려 잊어버렸다.

'뭐. 인연이 된다면 다음에 또 만나게 되겠지.'

쿨하게 몸을 돌린 카이의 발걸음이 향한 곳은 환전소였다.

카이는 우선 3천 골드. 가볍게 3억 정도만 환전했다.

'이렇게 하루에 몇 억씩 소소하게 환전해야지.'

그래야 혹시라도 모를 의심의 눈길을 피할 수 있을 것이다. 당장 환전소의 직원만 하더라도, 3천 골드라는 액수에는 별다른 반응을 보이지 않았다.

'혹시라도 내가 루시퍼의 날개와 심장 판매자라는 게 들키면 굉장히 피곤해져.'

경매에 참여한 랭커들을 통해 수천억대 아이템에 대한 소문은 커뮤니티에 퍼진 상태였다. 대다수의 유저들은 대체 무슨 효과를 지니고 있기에 그 정도 가격에 팔리냐고 궁금해했다. 그 때문에 카이는 미네르바에게도 프레이 길드원들 입단속을 시키라고 신신당부를 해두었다.

"리버티아를 제대로 키우려면 역시 영토부터 늘려야……."

카이가 영지의 발전 방향을 고민하고 있을 때, 뒤에서 누군가가 비명을 터뜨렸다.

"아이고오! 카이 님!"

"음?"

뒤를 돌아보니, 잔뜩 울상을 지은 남자 하나가 시야에 들어온다.

'어? 이 남자 이름이 분명…….'

그의 이름을 떠올리려다가 실패한 카이는 어색한 미소를 지으며 입을 열었다.

"그동안 잘 지내셨어요? 그……."

"김준표 대리입니다."

김준표 대리.

예전에 한 번 만난 적이 있었다. 자신이 일주일짜리 불사 버프를 걸고 도장 깨기를 하면서 버그 의혹에 휩싸였을 때. 페가수스는 자사의 이미지를 위해 카이의 녹화본을 구매, 버그 의혹을 종식시켰다.

'다시 만날 거라고는 생각지도 못했는데.'

물론 이렇게 숨까지 헐떡이면서 자신을 찾아온 이유는 예상이 된다.

"저, 카이 님. 그 혹시……."

환전소와 카이를 번갈아가면 쳐다보던 김준표 대리가 침을 꿀꺽 삼키며 물었다.

"호, 혹시 골드 환전하셨나요?"

"네."

"으, 으아아아……!"

작품 명 절규, 작가는 에드바르트 뭉크. 그 유명한 작품은 김준표 대리의 몸을 통해 행위 예술로 승화되었다.

"난 끝났어…… 으아, 시말서? 아니면 해고? 뭐가 되었든……."

혼자 중얼거리며 머리카락을 쥐어뜯는 김준표 대리. 그를 물끄러미 쳐다보던 카이는 조용히 미소를 지었다.

'놀리는 건 이 정도로 해둘까.'

김준표 대리가 이곳에 왔다는 건 페가수스 사에서 자신을 찾고 있다는 소리다. 수백만 골드를 한 번에 시장에 풀어버리는 건 회사 입장에서 절대로 좋을 게 없었다.

당연히 카이를 달래줄 먹이를 던져 준 뒤, 환전에 관한 협상을 하고 싶을 것이다.

'페가수스 사를 상대로 갑질을 하는 건 지난번이 처음이자 마지막일 줄 알았는데 말이지.'

사람 앞일은 모르는 것이라더니, 이렇게 큰 기회가 또 찾아올 줄이야. 카이는 바닥에 널브러진 김준표 대리의 등을 두드렸다.

"일어나십시오. 환전은 아직 3천 골드밖에 안 했으니까."

"헛!"

김준표 대리가 하늘에서 내려온 동아줄을 바라보는 표정으로 카이를 쳐다봤다. 눈을 크고 동그랗게 뜬 그는 서둘러 자리에서 일어나며 몸에 묻은 흙을 털어냈다.

"그, 그게 정말이십니까?"

"예. 이게 현실이라는 게 아직 믿겨지지가 않아서 조금만 해봤습니다. 지금 막 나머지도 환전하려던 참이었어요."

물론 거짓말이다. 하지만 골드 문제로 곧 페가수스와 거래를 해야 되는데, 자신이 골드를 전부 환전할 생각이 없다는 걸 굳이 알려줄 필요는 없었다.

그 반응은 빠르게 찾아왔다.

"아, 안 됩니다! 잠시만, 아주 잠시만 시간을 좀 내주십시오. 네? 제발 이렇게 부탁드립니다!"

두 손을 한데 모은 김준표 대리가 연신 허리를 90도로 숙이며 부탁했다.

"이번에도 강민구 사장님입니까?"

"예, 제 얼굴을 봐서라도 부디⋯⋯."

"으으으음."

카이는 최대한 뜸을 들였다.

"생각해 보니까 그리 내키지는 않는데요? 만나 봤자 환전하지 말라고 할 텐데."

"그, 그건⋯⋯."

정곡을 찔려 할 말을 잃어버린 김준표 대리는 잠시 생각하더니 말을 이었다.

"그에 상응하는 값은 꼭 치르겠습니다."

"하지만 저는 딱히 부족한 게 없는데요?"

"⋯⋯."

이번에도 김준표 대리는 할 말을 잃었다.

눈앞의 남자가 누구인가.

미드 온라인 랭킹 1위이자 최고로 잘 나가는 게이머.

그리고 오늘을 기준으로 수천억 대 자산가가 된 인물이다.

그의 말처럼 부족한 게 있을 턱이 없다. 아니, 설령 있더라도 스스로 구할 수 있을 것이다.

"그, 그래도 최대한 조건을 맞춰 드리겠습니다. 일단 가서서 얘기 나누시죠."

"그렇게까지 말씀하시니 마음이 조금 약해지긴 하는데……."

말을 하는 카이의 입은 웃고 있었지만, 눈은 웃고 있지 않았다.

'그런데 이 녀석들, 아주 커다란 착각을 하고 있네.'

가서서 이야기를 하자는 말은, 자신보고 오라는 소리다. 우물은 목이 마른 사람이 파야 하는데 왜 자신이 그 옆에 가서 우물까지 같이 파줘야 할까?

'하긴, 강민구 사장이 이해가 안 되는 건 아니야.'

30대 초반이라는 젊은 나이에 사장의 자리에까지 오른 인물이다. 당연히 주변에는 아랫사람밖에 없을 테니 상대방을 부르는 것이 습관이 되었을 것이다.

'하지만 지금 같은 상황에서는 그러면 안 되지. 이번 기회에 그걸 알려줄까.'

카이는 서열 정리를 확실하게 하고 넘어가야 할 필요성을 느끼며 입을 열었다.

"좋습니다. 그럼 특별히 시간을 내어드리지요. 길게는 못 내

드리고, 한 15분 정도?"

"저, 정말이십니까? 그것만으로도 감사하지요!"

15분이면 대략적인 이야기를 나누기에는 충분했기에 김준
표 대리의 안색이 환하게 물들었다. 그는 정중한 자세로 카이
에게 텔레포트 스크롤을 건넸다.

하지만 스크롤을 쳐다보는 카이는 턱을 어루만지며 낮게 신
음했다.

"음…… 이건 지난번에 그 사무실로 향하는 스크롤입니까?"

"네, 그렇습니다만."

"날씨도 화창하고 좋은데, 밖에서 얘기하시죠. 저기서 기다
릴 테니 오라고 전해주십시오."

카이가 아쿠에리아의 인적이 드문 해변을 향해 걸어가며 말
했다. 이에 당황한 김준표 대리는 저도 모르게 카이의 어깨를
잡았다.

"자, 잠시만요!"

"……왜 그러시죠?"

사장님에게 오라 가라 할 수는 없다는 말을 뱉으려던 김준
표가 돌연 입을 다물었다.

'잠깐, 그럼 카이는?'

현재 아쉬운 건 자신들이지 카이가 아니다. 그 단순하고도
간단한 사실을 깨닫는 순간, 그는 자신의 실수가 무엇이었는

지 알 수 있었다.

잘못을 했으면 사과를 해야 하는 법.

김준표는 깔끔하게 고개를 숙여 사과했다.

"죄송합니다. 사장님은 곧 모셔오겠습니다."

"천천히 모셔오세요. 15분은 해본 말이었으니까."

"배려해 주셔서 감사합니다."

인사를 마친 김준표 대리는 스크롤을 찢더니 시야에서 사라졌다.

"잘 알아들은 것 같네."

만족스러운 미소를 지은 카이는 해변가 바위에 걸터앉았다. 잠시 후, 등 뒤에서 정중한 목소리가 들려왔다.

"늦어서 죄송합니다."

페가수스 사의 한국지사장, 강민구의 목소리였다.

강민구의 차림새는 이전에 게임 내의 사무실에서 봤을 때와는 사뭇 달랐다. 그때는 판타지 게임과는 어울리지 않는 정장을 입고 있었지만, 지금은 누가 봐도 전사로 보이는 갑옷을 입은 채 검을 메고 있었다.

"늦기는요. 생각보다 빨리 오셨는데요, 뭐."

"당연히 제가 먼저 찾아왔어야 했는데, 생각이 짧았습니다. 부디 무례를 용서해 주시길."

"그렇게 말씀해 주셔서 감사합니다. 사실 조금 서운할 뻔했는데 말이에요."

사람 좋게 웃어 보인 카이는 자리에 앉으며 자신의 옆자리를 톡톡 두드렸다.

"우선 자리에 앉으시죠."

"아…… 예."

돌바닥을 쳐다보던 강민구는 순간 당황했지만, 황급히 고개를 끄덕이며 바닥에 앉았다. 성공 가도를 달린 후로는 푹신한 소파나 침대만을 사용해 왔던 그였다. 언뜻 차가운 기운마저 느껴지는 바위의 감촉은 낯설기만 했다.

카이는 그가 당황한 틈을 타 곧장 본론으로 들어갔다.

"찾아오신 이유는 역시 골드 때문이죠?"

"예? 아, 예. 현재 보유하신 골드 때문에 방문하게 되었습니다."

갑작스러운 질문에 고개를 반사적으로 끄덕인 강민구가 말을 이었다.

"카이 님. 혹시 환전소의 하루 거래량이 얼마 정도인지 아십니까?"

"음."

잠시 고민하던 카이가 대답했다.

"글쎄요. 1만 골드 정도 되나요?"

"날마다 약간의 오차 정도는 있지만, 평균 3만 골드 정도는 됩니다."

3만 골드. 1골드 당 10만 원 꼴이니, 한화로는 30억 가량. 그것이 하룻동안 환전소에서 오가는 자금의 액수다.

"본사에서는 그 어느 것보다 환전소의 관리를 철저하게 합니다. 만약 버그라도 일어나는 순간, 돌이킬 수 없는 손해가 발생하기 때문이지요. 때문에 유저들은 모르지만, 환전소의 하루 거래 제한은 5만 골드로 제한이 되어 있습니다."

"5만 골드라…… 그 이상의 금액을 환전 요청하게 되면 어떻게 됩니까?"

"그 순간 환전소의 모든 시스템이 마비되도록 설정되어 있습니다."

"아하."

카이는 그제야 강민구 사장이 이렇게 부랴부랴 달려온 이유를 알 수 있었다.

'현재 내가 보유한 총 골드가…….'

대략 380만 골드다. 하루에 환전되는 골드의 127배 정도나 되는 엄청난 액수라고 보면 된다. 만약 카이가 대수롭지 않게 5만 골드 정도만 환전해도, 시스템은 마비된다.

'그야말로 난리가 나겠지.'

미드 온라인의 아이템 거래, 현금 거래가 활발할 수 있는 이유는 간단하다.

'언제, 어디서든 환전소를 통해 간편하게 골드와 현금을 맞

바꿀 수 있으니까.'

예전의 게임들과는 달리 게임 아이템을 사는 것을 투자의 일종으로 생각하는 것이다. 게다가 페가수스 사가 직접 운영하는 만큼, 신용도 부문에선 최상의 입지를 자랑하고 있다.

하지만 그 거래가 단 한 번이라도, 불과 몇 분이라도 막히게 된다?

'그럼 그때부터 머리 아파지는 거지.'

인간은 상상력이 뛰어난 동물이고, 겁도 많은 동물이다. 페가수스에서 아무리 공지사항을 올리더라도, 이미 유저들의 마음속에 자리 잡은 불신의 씨앗은 절대 사라지지 않을 것이다.

"그래서 페가수스 사에서는 제가 뭘 어떻게 해주기를 바라는 겁니까?"

"카이 님 한정으로 환전소의 일일 거래 제한을 상향 조정해 드리겠습니다. 하지만 이 작업은 일주일 정도의 시간을 필요로 합니다. 그러니 그동안 환전소를 이용하지 않아 주셨으면 합니다."

"전 이미 3천 골드를 환전했습니다만?"

"거래에 지장을 줄 정도만 아니라면 괜찮습니다."

"그렇군요. 일주일이라지만 상당히 불편하겠네요."

기브 앤 테이크. 대가를 내놓으라는 소리다.

"짧은 불편함을 감내하시는 대가로 정보를 드리겠습니다."

"정보라면?"

"두 가지 정보를 드리겠습니다. 카이 님에게 꼭 필요한 정보들이며, 게임 내에서는 아무리 애를 써도 얻을 수 없는 정보들입니다."

"좋습니다."

어차피 카이 입장에서는 일주일 동안 골드를 가지고만 있으면 되는 간단한 일이다. 그 대가로 두 가지 정보를 받을 수 있으니, 그야말로 완벽한 제로 리스크, 하이 리턴이다.

"첫 번째는 영지에 관한 정보입니다. 혹시 영지 관리 창을 자주 확인하시는 편입니까?"

"예, 생각날 때마다 한 번씩 확인해요."

"그렇다면 영지에도 등급이 있다는 것을 알고 계시겠군요."

당연히 카이도 알고 있는 사실이었다. 그가 보유한 세 개의 영지 관리창을 띄우기만 해도 등급이 표시되었으니까.

카이가 고개를 끄덕이자 강민구가 희미하게 웃었다.

"하지만 영지의 등급이 올라가면 무엇이 좋은지는 모르고 계시겠지요."

"영지 등급이 올라가면 따라오는 혜택도 있었습니까?"

"있습니다. 저희는 이 게임의 사소한 부분조차 허투루 집어넣지 않았으니까요."

리버티아의 영지 등급은 초고속으로 상승 중이다.

'하지만 딱히 혜택이라고 할 건…… 혹시 세금이 늘어나나?'

카이가 설명을 요구하는 눈빛을 보냈다.

"우선 입소문입니다. 영지의 등급이 높아지면 NPC들 사이에서 영지의 존재가 더 널리 퍼지게 되지요."

"사람들이 더 많이 유입되겠군요."

"물론입니다. 자연스럽게 영지의 수입도 높아지는 거죠. 하지만 영지의 등급이 가장 중요한 이유는, 바로 영지의 가치가 등급에 달려 있기 때문입니다."

"가치요?"

"예. 영지는 B등급이 되면 도시로 승격되고, A등급이 되면 대도시로 승격됩니다. 그리고 S등급이 되면, 한 나라의 수도가 되어도 부족함이 없지요."

"수도라고요?"

카이의 눈이 번뜩였다.

"예. 영지가 S등급이 되는 순간 플레이어는 소속된 국가에 독립을 선언할 수 있습니다."

독립 선언.

그건 한 마디로 소속된 국가에서 벗어나, 자신만의 왕국을 건설할 수 있다는 소리였다.

"독립 선언만 하면 해당 국가에서 무조건 허락해 줍니까?"

"그럴 리가요. 오히려 절대 허락하지 않겠죠. 플레이어는 협상을 하거나, 무력으로 자신의 왕국을 지켜내야 합니다."

무대만 차려줄 테니, 그 뒤는 알아서 하라는 소리다.

"그렇다면 영지 등급은 어떻게 해야 올라갑니까?"

"영지의 크기, 인구수, 거둬들이는 세금과 외부인들의 방문수. 그 모든 것들이 고려되어서 산정됩니다."

"한 마디로 땅이 크고, 모범 납세자들이 많이 살고, 지갑 잘여는 관광객이 많으면 등급이 오른다는 소리네요?"

"……그렇게 해석할 수도 있겠군요."

강민구의 떨떠름한 말에 카이는 씨익 웃었다.

'뭐야, 그렇다면 하베로스와 아르칸. 그 두 곳도 신경을 좀 써야겠는데?'

직접 가본 적은 없지만, 커뮤니티에 따르면 두 영지는 지극히 평범한 곳이다. 당연히 사람들이 굳이 찾아가고 싶은 마음이 들지도 않는 장소일 터.

'두 영지도 리버티아처럼 확고한 컨셉이 필요해.'

리버티아는 아인종들의 도시라는 컨셉이 있다. 그렇다면 나머지 두 영지는 어떤 컨셉이 어울릴까.

고민에 빠져 있는 카이에게 강민구가 말했다.

"그리고 또 하나의 정보는 다름아닌 현재 카이 님이 보유한 칭호에 대한 조언입니다."

"칭호요?"

"예. 에피소드 종결자 칭호에 대해서 이야기해 볼까 합니다. 물론 아직까지 그 칭호를 활용하지 않은 이유는 카이 님 나름대로 생각이 있으셨기 때문이겠지요."

"……."

에피소드 종결자. 자탄을 잡고 획득한 두 개의 칭호 중 하나였지만…….

'까맣게 잊고 있었어.'

심지어 에피소드 종결자는 물론, 함께 나온 재앙 파괴자 칭호의 효과도 읽어보지 않았다. 결국 카이는 강민구의 눈치를 살피며 어색한 표정으로 칭호 도감을 펼쳤다.

**[에피소드 종결자]**

[등급 : 스페셜]

[내용 : 메인 에피소드의 보스를 처치한 자에게 주는 칭호.]

[효과 : 영웅의 기개를 이용하여 단 한 번, 그 어떤 조건도 없이 원하는 NPC와 독대 가능.]

**[재앙 파괴자]**

[등급 : 스페셜]

[내용 : 기만하는 자들의 주인, 자탄을 쓰러트린 이에게 주는 칭호.]

[효과 : 모든 공격력 +10%(이 효과는 칭호를 장착하지 않아도 적용됩니다.)]

"……!"

칭호들의 효과를 확인한 카이는 저도 모르게 터져 나오려던 비명을 꾹 눌렀다.

'이, 이게 대체 무슨 효과야?'

모든 공격력 10%의 효과. 여태까지 카이가 쌓아왔던 모든 스펙의 10분의 1이 상승한다는 뜻이다. 당연한 소리지만 이런 효과가 있다는 사실은 본 적은 물론 들은 적도 없었다.

'그리고 종결자 칭호. 원하는 NPC와의 독대라면…….'

만약 카이가 제국의 황제를 보고 싶다면, 그 즉시 독대가 성사된다는 뜻이다.

"음? 카이 님. 몸이 떨리시는데, 괜찮으십니까?"

흥분으로 온몸을 부르르 떨어대는 카이를 이상하게 쳐다보던 강민구가 물었다.

"아, 아닙니다. 그냥 그 칭호들을 얻던 순간의 기억들이 생생하게 떠올라서요."

"아하. 자탄 레이드 방송은 저도 실시간으로 봤습니다. 정말 대단한 싸움이었죠."

"감사합니다. 그래서 종결자 칭호의 효과로 조언을 주고 싶다는 말씀은 뭔가요?"

"마도와 지식을 추구하는 오곤 제국의 수도. 그곳에 위치한 도서관으로 가면 대륙의 위인들이 기록되어 있는 책을 열람하실 수 있습니다."

"설마……?"

"예, 그곳에 적혀 있는 인물들 중에는, 일반적인 방법으로는 절대 만날 수 없는 이들도 더러 있습니다."

"흠. 한마디로 종결자 칭호의 효과는 그때를 위해 비축해두라는 소리군요."

"물론 선택은 카이 님의 몫입니다. 하지만 쉽게 만날 수 없는 만큼, 그들과 만났을 때 얻을 수 있는 보상 또한 막대할 것입니다."

카이가 눈을 가늘게 떴다. 과연 저 말이 자신을 위한 것인지, 회사를 위한 것인지 잘 분간이 가지 않았다.

'아니, 고민해 봤자 소용없나. 어차피 판단은 그의 말처럼 내 몫이야.'

오곤 제국의 도서관에 방문하는 것 정도는 일도 아니다. 여차하면 헛걸음을 했다고 판단하면 그만.

"앞으로 일주일 동안 제가 환전소를 이용하는 일은 없을 겁니다."

"배려에 감사드립니다."

자리에서 일어난 강민구는 정중하게 허리를 굽히며 인사했다. 단 일주일을 기다리는 조건으로, 카이는 귀중한 정보들을 손에 넣었다.

❋

강민구와의 만남이 끝난 후, 게임을 종료한 정우는 깊은 고민에 빠져 있었다.

"돈이라……."

하루아침에 벼락부자가 되어버렸다. 물론 이전에도 부자라 불리기에는 부족함이 없었지만, 지금은 가히 재벌 수준.

때문에 정우는 그 돈으로 무엇을 해야 할지를 진지하게 고민했다.

'집도 사고 싶지만 이사하는 게 귀찮으니까 당분간은 패스. 밖에 돌아다닐 일이 없으니 차를 살 필요도 없고…… 마찬가지 이유로 옷도 별로.'

하지만 돈은 많은데, 마땅히 쓸 데가 없었다.

원래 사람 마음이란 것이 그렇지 않은가. 새로운 무기를 구매하면 휘둘러보고 싶듯, 막대한 돈이 생기자 쓰고 싶은 기분이 들었다.

한참을 고민하던 정우는 돌연 손뼉을 치더니 휴대폰을 꺼내 들었다.

뚜뚜뚜.

-정우 아니냐.

"예, 아버지, 저예요."

전화 상대는 다름 아닌 그의 아버지.

-네가 대낮부터 무슨 일이냐, 게임하는 시간일 줄 알았는데.

"다름이 아니고 뭐 좀 여쭤보고 싶은 게 있어서요."

-물어봐라.

"며칠 전에 식사하실 때, 보육원 후원에 대한 이야기가 나왔잖아요."

-그랬지.

정우의 부모님은 정기적으로 보육원을 후원하고 계셨다.

그것은 하루 이틀이 아닌, 정우가 어렸을 때부터 해오던 일이었다.

"저도 예전엔 부모님 따라서 보육원 봉사활동에 자주 가고 그랬는데, 요즘은 잘 못 가니까요. 그래서 생각해 봤는데 금전적으로라도 어려운 아이들을 후원하고 싶어서요."

-네가?

깜짝 놀라 되묻는 아버지의 목소리에는 놀라움이 가득했다. 하지만 그것도 잠시, 누구의 아들도 아닌 자신의 아들이라는 것을 깨달은 그는 낮게 웃었다.

-녀석. 자리가 사람을 만든다더니, 이제는 제법 기특한 생각도 스스로 할 줄 아는구나.

"뭘요. 오히려 늦은 감이 없잖아 있죠."

-지금 여유가 되면 후원을 하려고 뽑아놓은 리스트가 있다. 추천해 주랴?

"해주시면 감사하죠."

-그럼 주소와 전화번호는 문자로 보내주마. 하지만 이것 하나만 기억해 둬라. 누군가를 후원한다는 일, 순간적인 감정에 치우쳐서 할 만한 게 아니다.

"아이고, 어려서부터 두 분 따라다닌 게 접니다."

무슨 일을 하더라도 끝까지 책임을 가지고 하라는 가르침.

정우는 한 시라도 잊어본 적이 없었다.

'돈이라면 이제 많으니까.'

게임에서의 선행도 물론 중요하다. 무엇보다 선행 스탯을 올릴 수 있으니까. 하지만 게임에서 선행을 한다고 현실에서 하지 말라는 법은 없었다.

띠링.

보육원의 주소와 전화번호가 담긴 문자가 도착한 것을 확인하며, 정우는 미소를 지었다.

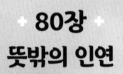

# 80장
## 뜻밖의 인연

행복 보육원.

아버지가 보낸 문자에 쓰여져 있는 장소의 이름이었다.

'쇠뿔도 단김에 빼는 편이 낫겠지.'

정우는 문자를 받은 즉시 보육원에 전화해 원장님과 이야기를 나누고, 방문 약속을 잡았다.

"후우. 긴장되네."

보육원이 위치한 장소는 정우의 집에서 택시를 타고 30분은 달려야 나왔다.

'이런 곳에 보육원이 있었구나.'

흔히 달동네라고 부르는, 언덕과 오르막길이 즐비한 동네. 그곳의 언덕길을 10분이나 올라가야만 행복 보육원의 문을 마주할 수가 있었다.

"음?"

문을 쳐다보던 정우의 고개가 살짝 기울어졌다.

'이 보육원 문, 왜 이렇게 고급이야?'

달동네와는 어울리지 않는 지나치게 고급스러운 문.

그뿐만이 아니었다. 문을 지나쳐 내부로 들어서자, 고급스러운 잔디가 깔린 운동장이 시야로 들어왔다.

"으응……?"

무언가 자신의 예상과는 크게 다른 느낌. 그때 운동장에서 놀고 있던 아이들이 정우를 발견하고는 도도도 달려왔다.

"안녕하세요!"

허리를 숙이며 예의 바르게 인사하는 아이들. 시간이 이른 오후인 만큼, 모두 유치원생 정도로 보이는 어린이들이었다.

'애들도 엄청 밝고…… 예전에 봉사활동 다녔을 때랑 많이 다른데?'

"아…… 혹시 아까 전화 주신 한정우 후원자님 되십니까?"

누군가의 음성에 고개를 돌리자 순진해 보이는 아저씨 하나가 시야로 들어왔다.

"예. 맞습니다."

"전화상으로 들었을 때도 젊으실 것 같다는 생각은 했는데, 생각보다 훨씬 젊으시네요. 저는 행복 보육원의 원장인 김현식입니다."

보통 나이가 어린 후원자들의 경우, 순간의 동정심이나 자소서에 기입할 스펙을 쌓기 위해 단발적으로 후원을 하는 일도 제법 빈번했다. 하지만 김현식은 정우의 앳되어 보이는 외모에도 전혀 실망하지 않고, 오히려 기쁜 듯한 미소를 만면에 띠었다.

"우선 안쪽으로 들어가서 얘기하시죠."

말을 마친 김현식은 무릎을 낮춰 아이들과 눈높이를 맞추더니 그들의 머리를 쓰다듬어 줬다.

"원장님은 잠시 이분이랑 이야기 좀 할 테니까, 여기서 놀고 있어라."

"네에!"

"알겠어요!"

병아리들처럼 씩씩하게 대답을 한 아이들은 삭막한 운동장을 뛰어다니며 다시 놀기 시작했다. 정우를 원장실로 안내한 김현식은 오렌지 주스를 한 잔 건넸다.

"아이들이 원장님을 참 잘 따르는 것 같네요."

"하하…… 그렇게 대단한 일은 아닙니다. 저 아이들이 믿고 의지할 수 있는 어른이라고는 세상에 몇 안 되니 당연한 일이지요."

그 당연한 일조차 제대로 하지 못하는 보육원 원장들도 없지는 않다.

"그런데 보육원이 제가 생각했던 것과는 조금 다르네요."

"아, 시설이 너무 좋지요?"

머쓱한 표정으로 머리를 긁는 김현식의 말처럼, 행복 보육원의 시설은 굉장히 좋은 편이었다. 많은 보육원들을 돌아다니며 봉사활동을 했던 정우가 보기에도 세 손가락 안에 들어갈 정도.

"사실 저희 보육원에서 자란 아이 중 한 명이 무슨 게임인가? 그걸로 돈을 벌더니 보육원을 많이 도와주고 있습니다."

"게임이요?"

최근 돈이 되는 게임하면 떠오르는 건 미드 온라인밖에 없다.

"예. 저야 게임에 대해서는 잘 모르지만, 후원자님은 아실수도 있겠네요. 워낙 눈에 띄는 아이인지라…… 그러고 보니 오늘 간만에 들른다고 연락이 왔었으니 올 때가 되었는데."

김현식이 시계를 쳐다보는 것과 동시에, 원장실의 문이 열렸다. 그러자 김현식이 자리에서 벌떡 일어나며 반가운 목소리로 소리쳤다.

"녀석! 네 얘기하고 있었는데 오는 걸 보면 양반은 못 되겠구나!"

"제 얘기요?"

'음?'

등 뒤에서 들려오는 나른한 목소리는 여자의 것이었다. 헌데, 정우는 알 수 없는 기분에 미간을 찌푸렸다. 목소리를 어디선가 들어본 것 같은 기분이 들었기 때문.

"이분은 누구예요?"

"아, 오늘 후원을 하고 싶다고 전화가 와서 말이다."

"이제 후원받지 말라니까요. 지난번처럼 이상한 사람들이면 애들 또 상처받아요."

"그, 그래도…… 항상 너에게만 손 벌리는 건 미안하잖냐. 염치도 없고."

"저 대학 갈 때까지 키워주신 분이 원장님이에요. 그런 소리 하지 마세요."

단호하게 말을 내뱉은 목소리의 주인은 천천히 걸어와 정우의 맞은편 좌석에 앉았다. 그리고 서로의 얼굴을 마주한 순간, 두 사람은 저도 모르게 눈을 휘둥그렇게 떴다.

"어!"

"앗……!"

정우의 얼굴을 확인한 여인의 움직임이 일순 멈췄다.

마치 석화라도 걸린 것 같은 모습.

그러기를 잠시, 그녀는 당황한 표정을 드러내더니, 테이블 위의 신문지를 머리에 뒤집어썼다.

"……하린아, 후원자님 앞에서 지금 뭐하는 거니?"

그녀의 이해 못 할 행동을 바라보던 김현식이 고개를 갸웃거렸다.

＊

　두 사람이 초면이 아닌 것을 알게 된 김현식은 갑자기 급한
용무가 생겼다며 방을 나섰다.

　그 어색한 상황에서 먼저 말을 꺼낸 것은 정우였다.

　"설마 이런 곳에서 뵙게 될 줄은 몰랐네요."

　"……저도요."

　유하린. 설마 그녀를 게임이 아닌 현실에서, 그것도 이렇게
예고도 없이 만나게 될 줄이야.

　정우도 내색은 안 했지만 그녀와 마찬가지로 머릿속이 매우
복잡한 상태였다.

　'우리가 딱히 현실에서 대화를 나눌 만큼 친한 사이는 아닌
데…….'

　김현식 원장의 쓸데없는 배려가 만들어낸 어색한 공기!

　그 무거운 압박을 이겨내지 못한 정우는 가까스로 입을 열
었다.

　"평소에 행복 보육원을 많이 후원하시나 봐요?"

　"아, 네. 제가 여기서 자랐거든요."

　"그렇군요."

다시 어색해지는 공기.

하지만 정우와의 짧막한 대화에서 용기를 얻은 것일까. 슬그머니 덮어쓰고 있던 신문지를 내린 유하린은 신문지 위로 눈만 빼꼼 내밀었다.

"그…… 언노운 님은 어쩌다가 후원을 하실 생각을 하셨나요?"

"도움이 필요한 아이들을 돕고 싶어서요."

"……혹시 정우 님도 보육원 출신이신가요?"

"그건 아닙니다."

정우의 짧막한 대답에 할 말을 잃어버린 유하린은 안절부절못했다. 게임에서는 항상 멋진 모습을 보여주는 그녀였지만, 실제로는 생각보다 덜렁이 같았다.

"후원을 하고 싶으시다는 말씀은 감사해요. 하지만 정중하게 사양할게요."

"음, 알겠습니다."

정우는 고집을 부리지 않고 빠르게 포기했다. 자신에게 밀려 랭킹 2위가 되었다지만, 그녀는 일반인이 상상하기 힘든 고소득자일 터.

'그녀가 작정하고 행복 보육원을 돕겠다면 굳이 타인의 도움이 필요하지 않겠지.'

생각을 마친 정우는 난처한 표정으로 뒷머리를 긁었다.

"음. 그럼 후원을 해야 할 새로운 곳을 찾아봐야겠네요."

"······후원이 그렇게 하고 싶으세요?"

"저로 인해 누군가가 행복해질 수 있다는 건 좋은 일이잖아요."

자신이 누군가를 진심으로 기쁘게 만들 때 느껴지는 뿌듯함은, 겪어보지 않은 사람이라면 공감하기 어려울 것이다.

"으음······."

정우의 대답에 무언가를 진지하게 고민한 유하린은 신문지를 곱게 접더니 테이블 위에 올려놓았다.

'······와.'

온전하게 드러난 그녀의 얼굴에 정우는 저도 모르게 입을 벌렸다. 그녀의 얼굴을 본 것이 처음은 아니다. 오히려 게임에서는 두 번이나 그녀를 본 적이 있었다.

'하지만 매력 스탯을 올렸거나, 당연히 커스터마이징을 했을 거라고 생각했는데.'

그게 아니었다. 오히려 게임의 그래픽으로는 담아낼 수 없는, 인간 본연이 지닌 생동감은 그녀의 미모를 한층 더 돋보이게 하고 있었다.

"그럼 이렇게 하는 건 어떠세요?"

우물쭈물.

유하린이 신문지 모서리를 잘게 구기며 입을 열었다.

"저, 저는 매주 화요일마다 보육원에 와서 아이들이랑 놀아 줘요."

"예……."

"정말로 아이들을 돕고 싶으신 거라면…… 금전적인 도움보다는, 일주일에 한 번씩 저와 함께 보육원에 나와서 아이들과 놀아주시면 안 될까요?"

"아이들과요?"

"네. 한창 자라나야 할 아이들인데, 의지할 어른의 수가 너무 부족해요."

"의지할 어른이라……."

잠시 고민하던 정우는 고개를 끄덕였다.

"알겠습니다. 금전적인 도움만이 후원은 아니겠지요."

물론 돈으로 후원을 하게 되면 몸과 마음이 편해질지도 모른다. 굳이 시간을 내서 보육원을 방문하지 않아도 되니 그만큼 시간이 절약되는 셈이다.

'하지만 미드 온라인을 하면서 깨달은 점이 있지.'

선행이란 자신을 위해서 하는 것이 아니다. 받는 사람의 마음을 고려하고 이를 배려하면서 베푸는 것. 그것이 진정한 선행이다.

'아이들이 원하는 것이 의지할 수 있는 어른이라면…….'

자신이 그러한 존재가 되어줄 것이다.

정우의 힘찬 끄덕임을 쳐다본 유하린이 활짝 웃었다. 그러자 봄날에 화사한 꽃들이 피어나는 순간처럼, 방 안이 밝아지는 착각이 들 정도였다.

"정말 감사해요! 아이들도 무척 좋아할 거예요. 다들 밝고
착한 아이들이라서 정우 님도 좋아하시게 될 거예요."

잔뜩 신이나서 밝게 웃는 유하린을 쳐다보던 정우가 자신도
모르게 미소를 지었다.

'제법 무뚝뚝한 이미지인 줄 알았는데, 완전 착각이었잖아.'

이렇게나 밝은 사람에게 그런 실례가 되는 생각을 하다니.

정우는 속으로 깊게 반성했다.

매주 화요일, 오후 시간에 보육원을 방문하기로 약속한 정
우는 곧장 집으로 돌아왔다.

**"그럼 다음 주 목요일에 뵐게요."**

휴대폰에 저장된 유하린의 전화번호.

몇 번을 쳐다봐도 실감이 나지 않았다.

'영상으로만 보던, 동경하던 플레이어였는데 말이지.'

자신과는 그 어떤 티끌만 한 접점도 없을 것 같던 그녀가 자
신과 현실에서 만났고. 이렇게 전화번호까지 주고받았다는 사

실이 여전히 믿기지 않았다.

하지만 그러한 감상도 잠깐이었다. 정우는 자신의 본업에 충실하기 위해 게임에 접속했다.

"흐음. 영지 컨셉이라."

카이가 턱을 어루만지며 중얼거렸다.

영지의 등급을 올리면 얻게 될 각각의 혜택들.

강민구 사장으로부터 이와 관련된 자세한 내용들을 전해들을 수 있었다.

'커뮤니티에선 영지 등급이 유명무실하고, 올리는데 돈만 많이 든다는 의견이 주를 이루고 있지만, 그건 사실이 아니야. 등급은 올릴 수 있으면 무조건 올리는 게 좋다.'

우선 영지가 A등급이 되어 도시로 승격하면 걷어 들이는 세금의 액수부터 달라진다. 게다가 주민들의 행복도 또한 높아지며, 그것은 새로운 이주민들을 끌어당긴다.

이른바 무한 선순환.

"흐음. 그럼 다른 영지의 컨셉은 뭘로 잡아야 할까……."

잠시 고민을 하던 카이는 가볍게 손뼉을 쳤다.

"역시 사제라면 고민이 있을 때 신의 지혜를 빌리는 게 정석이겠지. 신출귀몰."

이제는 제법 익숙한, 몸이 붕 뜨는 기분과 함께 주변 풍경이 눈 깜짝할 사이에 바뀌었다. 그렇게 천상의 정원에 도착한 카이의 눈에 들어온 것은…….

"쯧, 그것들 좀 저리 치워라. 나는 달달한 것 안 먹는다니까 그러네."

"안 먹어도 되느니라. 그냥 나중에 내 대리인이 혹시라도, 혹시 만에 하나라도 묻게 되면, 같이 먹었다고 말만 해주면 그걸로 충분하니라. 이렇게 부탁하겠느니라."

"하아, 이런 녀석을 신이라고 모시는 인간 놈들이 불쌍하다."

"헤헤. 이 과자 맛있다."

테이블 한가득 과자와 사탕 더미를 올려놓은 채, 혼자서 열심히 먹고 있는 글러 먹은 신 하나.

그리고 그녀를 한심하게 바라보는 근육질의 남성 한 명이었다.

그는 고결해 보이는 백색의 수염과 머리카락은 바닥에 쓸릴 정도로 길고, 부드러워 보이는 것이 특징인 드워프였다.

"음?"

먹을 것에 온통 정신이 팔린 헬릭과는 다르게, 인기척을 느낀 드워프 남성이 고개를 돌렸다. 그리고 카이를 발견하는 것과 동시에 그가 자리에서 벌떡 일어났다.

"오! 이게 누구야? 나의 아이들을 구해준 녀석이잖아?"

"태양교의 사도, 카이가 대지의 신 호른 님께 인사를 올립니다. 그리고……."

"히, 히끅!"

양 쪽 볼이 부풀어 오를 정도로 빵빵하게 과자를 머금고 있던 헬릭이 천천히 고개를 돌렸다. 두려움이 한 아름 담겨 있는 그녀의 커다란 눈망울에 물방울이 그렁그렁 맺히기 시작했다.

"약속을 어겨, 앞으로 두 번 다시 군것질을 못 하게 된 우리 태양신님께도 인사 올립니다."

"흐, 흐아아아아아아앙!"

헬릭의 커다란 눈망울에서 폭포수처럼 쏟아지는 눈물은 곧장 그녀의 입으로 흘러들어가, 바삭바삭한 과자들을 눅눅하게 만들었다.

하늘이라도 무너진 것처럼 서럽게 우는 헬릭.

하지만 이 자리에서 심각한 건 그녀뿐.

헬릭을 바라보는 호른은 오히려 피식 웃기까지 했다.

물론 그 시각 카이는…….


**[대지 목격자]**

[등급 : 스페셜]

[내용 : 대지신 호른을 두 눈으로 목도한 이에게 주는 칭호.]

[효과 : 힘 스탯이 상승할 때, 50% 추가 획득.

(이 효과는 칭호를 착용하지 않아도 적용됩니다.)]


빵끗!

한 명은 울고, 한 명은 피식거리고, 한 명은 방긋방긋 웃고 있는 기묘한 상황이 연출되었다. 헬릭에게는 몹시 미안한 말이지만, 이 순간 카이의 머릿속에 그녀에 대한 생각은 없었다.

'힘 스탯 50% 추가 상승이라고?'

대지신 호른. 드워프들이 믿는 땅의 신이며, 제작을 비롯해서 손재주에 관련된 예술을 관장하는 신이다.

'태양 목격자는 선행 스탯이 50% 추가 상승하는 효과였는데……'

대지 목격자의 능력 또한 그에 꿇리지 않았다. 아니, 오히려 힘 스탯은 범용성이 선행 스탯보다 훨씬 넓기에, 사용하기에 따라서는 훨씬 유용하게 사용할 수도 있다.

'잠깐만. 그렇다면……?'

한 번이면 우연이지만, 두 번이면 이야기가 달라진다.

태양 목격자와 대지 목격자.

두 번의 통계를 통해 카이는 한 가지 가설을 세울 수 있었다.

'신들을 만나게 되면, 목격자 칭호를 획득할 수 있어.'

마찬가지로 두 번의 사례를 되짚어보면, 목격자 칭호는 스탯의 추가 상승 효과를 지니고 있다.

'신들에게 잘 보여야 한다.'

그렇게 생각하는 카이의 시야로 아직까지 서럽게 울고 있는 헬릭이 들어왔다.

"흠흠."

헬릭에게 천천히 다가간 카이는 인벤토리에서 손수건을 꺼내 헬릭의 흐르는 눈물을 닦아줬다.

"헬릭 님, 뚝."

"흐, 흐으윽…… 끄윽…… 끕……."

단번에 울음을 그치지 못하는 헬릭.

옅은 한숨을 내쉰 카이는 곧장 손수건을 그녀의 코로 향했다.

"헬릭 님, 흥."

"흐으으응!"

시원하게 코를 풀어내는 헬릭.

"입에 남아 있는 과자도 전부 냠냠 하시구요."

"우웅……."

냠냠.

그 와중에 눈물 젖은 과자를 꼭꼭 씹어 먹는 헬릭의 얼굴은 세상 행복해 보였다.

그녀의 얼굴이 다시 말끔해지자, 카이는 그녀를 훈계했다.

"자꾸 그렇게 우시면 산타 할아버지한테 선물 못 받습니다?"

"그치마안…… 로비가 그랬느니라. 어차피 산타는 없으니까 울어도 된다고."

"……."

사랑의 신 로비. 일전에 헬릭의 입을 통해 한 번 들어본 적이 있는 존재였다.

'애한테 쓸데없는 소리를.'

고개를 절레절레 흔든 카이가 헬릭의 머리를 쓰다듬었다.

"그렇지 않아요. 산타는 있습니다."

"……정말 있느냐?"

"저번에 크리스마스 스페셜 스플리트도 드셨잖아요. 그게 다 산타 할아버지의 선물인 거예요."

"크리스마스 스페셜 스플리트!"

헬릭의 머리 맡에서 광채가 강렬하게 번쩍거렸다. 자신이 가장 맛있게 먹은 과자들 중 세 손가락 안에 드는 것은 단연 크리스마스 스페셜 스플리트!

"그것이 산타 할아버지의 선물이었다니…… 정말 고마운 존재이니라."

"그러니까 울지 말아야 올해도 선물을 받을 수 있겠죠?"

"우웅…… 하지만 이미 울어버렸느니라……."

금세 시무룩해진 표정으로 땅만 쳐다보는 헬릭.

'진짜 신이 아니고 애라도 돌보는 것 같다니까.'

물론 이와 같은 경험이 풍부한 카이는 그녀를 능수능란하게 다루기 시작했다.

"괜찮아요. 헬릭 님이 울었다는 걸 비밀로 해드릴테니까."

"저, 정말 그렇게 해주겠느냐?"

화들짝 놀란 표정을 지은 헬릭은 왜인지 모르겠지만 다리를 모으며 무릎까지 꿇었다. 그녀의 격한 반응에 살짝 놀란 카이가 떨떠름하게 고개를 끄덕였다.

"무, 물론이죠. 저기 계신 호른 님도 헬릭 님이 우셨다는 비밀을 지켜주실 거예요."

"호, 호른까지?"

반짝반짝.

2초 이상 마주하면 어떤 부탁이든 들어줄 수밖에 없을 것 같은 똘망똘망한 눈빛!

하지만 정작 그 시선의 대상자인 호른은 인상을 콱! 일그러뜨렸다.

"젠장, 귀찮은 일에 휘말렸군…… 알았으니까 그만 쳐다봐라."

"호른! 그대는 역시 나의 벗이니라!"

한결 기분이 풀린 헬릭은 두 손을 꼼지락거리며 카이의 눈치를 보기 시작했다.

"저…… 그런데 카이여. 그럼 이제 과자는……."

"오늘은 없습니다."

"어흑."

어깨가 2단 정도는 아래로 내려간 헬릭.

카이는 그 상황에서 그녀를 공략하기 시작했다.

"하지만 오늘처럼 친구분들과 이야기를 나누는 시간이라면,

주인 된 입장에서 친구에게 과자 정도는 대접을 해야겠죠?"

"내, 내 말이 그거이니라. 내가 먹고 싶다는 말이 절대 아니고, 친구들을…… 위해……."

헬릭은 말을 하면서 연신 호른의 눈치를 살폈다.

"홍. 그 달기만 한 것이 뭐가 그리 맛있있다고. 쯧쯧. 맥주를 권하면 먹지도 않으면서."

'맥주?'

호른의 말에 귓가가 솔깃해진 카이가 입을 열었다.

"혹시 맥주 좋아하십니까?"

"……음? 당연하지. 애초에 내 아이들에게 맥주를 만드는 방법을 알려준 것도 나이니까."

어찌 보면 당연한 말이다. 그는 대지와 손재주를 관장하는 신. 호른은 자신을 쏙 빼닮은 드워프들에게 많은 가르침을 내려주었다.

'확실히 드워프들의 맥주는 이미 리버티아에서 유명하지. 하지만, 오히려 그 반대가 더 커.'

그 반대.

한 마디로 드워프들이 환장하는 술에 관해서다.

'현재 미드 온라인에는 현대에 존재하는 모든 종류의 술이 입점한 상태지.'

와인, 보드카, 소주, 사케, 위스키는 물론, 럼주나 고량주 같은 독특한 술까지!

'게다가 실험 샘플은 이미 충분해.'

그야 잉가르트 왕국의 드워프들이 직접 증명을 했으니까.

그들은 하루가 멀다하고 인간들이 만든 수많은 종류의 맥주와 술을 마시며 천국과 같은 나날을 보내는 중이었다.

'심지어 나는 그들에게 가장 인기가 좋은 맥주의 이름까지 알고 있지.'

베스트 블레테렌 12. 세계 최고의 맥주 중 하나로 평가받는 맥주의 왕국, 벨기에의 맥주다. 심지어 맥주병에는 그 어떤 라벨이나 문양, 심지어 회사의 로고조차 박혀 있지 않다.

하지만 특유의 진한 과일 향과 초콜릿처럼 달콤한 끝맛, 마지막으로 맥주 특유의 시원한 느낌까지 가미된 맛은 베스트 블레테렌 12를 결국 세계 최고의 반열까지 올려놓았다.

'음음. 나도 한 번 마셔봤지만 정말 기가 막히게 맛있었지.'

단언컨대 그 맛을 한 번 보게 된다면 호른은 눈이 뒤집어질 것이다.

그뿐만이 아니었다.

'어찌 안주 없는 술상을 논할 수 있을까.'

최근 미드 온라인의 NPC들이 환장을 하는 현대의 기가 막힌 패스트푸드나 음식들.

그것들을 호른에게 바친다면?

'뭐라도 떨어지지 않겠어?'

결정을 내린 카이는 호른에게 말했다.

"호른 님. 잠시만 기다려주시겠습니까?"

"음? 무슨 일이지?"

"호른 님께 드리고 싶은 선물이 있습니다. 오래 걸리지는 않을 거예요."

"허허. 살다 보니 인간에게 선물을 받는 일도 다 오는군. 그렇다면 잠시 기다리지."

선물을 싫어하는 이는 없다. 설령 그게 신이라고 해도 마찬가지. 흡족한 표정으로 백색의 수염을 어루만지는 호른을 뒤로한 채, 카이는 지상으로 내려갔다.

"카, 카이여…… 내 선물은……."

신출귀몰로 사라지기 직전, 헬릭의 구슬픈 목소리가 귓가를 울리는 기분이 들었다.

"흠. 이게 뭔가?"

호른의 앞에 놓인 기다란 테이블. 그리고 그 위에는 맥주 통하나와 안주 하나가 먹음직스럽게 놓여 있는 상태였다.

"이것이 닭이라고?"

"예. 닭을 자주 드시지는 못하시지요?"

"흠. 맥주 같은 인공 음식은 천계에서도 만들 수 있지만, 생물은 아무래도 힘들지. 내 아이들이 1년에 한 번, 나에게 제사를 지낼 때 올리는 음식에서 닭을 먹기는 한다."

그 말에 카이는 입 꼬리를 올릴 수밖에 없었다.

"장담하건대, 아마 오늘 드워프들에게 화가 좀 나실 겁니다."

"음? 내가 내 아이들에게 화가 난다고?"

카이의 말 뜻을 이해하지 못한 호른이 고개를 갸웃거렸다.

백문불여일견(百聞不如一見). 어떤 말이나 설명보다, 그저 한 번 보는 것. 본인이 실제로 경험하는 것이 최고일 뿐.

"우선 드셔보시지요."

"……허허. 그렇게까지 말하니 한 번 먹어보도록 하지."

탐스러울 정도로 붉은 양념치킨 닭다리를 집어든 호른은 시큰둥한 표정으로 이를 입에 머금었다.

쩝쩝.

닭다리를 크게 베어 물고, 이를 몇 번 씹는 순간. 호른의 눈동자가 더 이상 커질 수 없을 정도로 크게 뜨여졌다.

"으, 으어어……."

어찌나 큰 충격을 받았는지 제대로 된 말조차 꺼내지 못할 정도!

혀끝을 통해 온몸으로 퍼지는 황홀한 미(味)의 세계에 입성한 호른. 한참이나 황홀감을 느끼던 호른은 겨우 정신을 차렸다.

"이 음식의 이름이 무엇인가?"

"양념치킨이라고 합니다."

"양념치킨……"

고작 한입을 먹었을 뿐, 그것만으로도 호른은 이 음식에 매료되었다. 지금까지 그가 먹어왔던 닭 요리라고는 그저 숯불에 잘 구운 닭이었다. 하지만 이 음식은 달랐다.

'설마 음식을 보고 아름답다는 생각을 하게 될 줄이야……'

닭을 감싸안고 있는 얇은 튀김옷. 그리고 그 위를 이불처럼 덮은 붉은 양념으로 인해 튀김은 촉촉해진다.

바삭함이 죽어서 기분이 나쁘지는 않다. 오히려 튀김옷이 부드럽게 변하기에 입안에서의 식감이 더 좋아질 뿐.

게다가 화룡점정으로 치킨 위에 촘촘하게 뿌려진 깨소금을 보는 순간. 호른은 결국 탄성을 터뜨릴 수밖에 없었다.

"자네 말이 맞네. 내 아이들이 원망스러울 지경이야."

"아마 올해의 제사부터는 이런 음식들이 올라올 것입니다."

"허허. 이런 세계가 있었다니…… 그리고 이게 자네가 말하던 맥주인가?"

"맞습니다. 베스트 블레테렌 12. 이 맥주의 이름입니다."

"이름 한 번 거창하군. 하지만 중요한건 이름이 아니라 맛이지."

호기롭게 외친 호른은 맥주가 가득 담긴 잔을 들었다. 그리고, 그대로 입에 잔을 붙이고는 고개를 뒤로 넘긴다.

꿀꺽, 꿀꺽.

한 번 그의 입에 붙어버린 맥주잔은, 동이 나기 전까지 내려올 줄을 몰랐다.

쿵!

"허어어!"

단숨에 맥주잔을 비운 호른은 황홀경에 다다른 사람처럼 풀어진 표정을 짓고 있었다.

"이, 이것이…… 정녕 맥주라는 말이냐."

"예. 여태껏 드셔오시던 것과 조금 다르지요?"

"……"

호른은 아무 말 없이, 맥주 통을 들어 잔을 다시 채웠다. 그리고 다시 이를 꿀꺽꿀꺽 마시기 시작했다.

쿵.

하얀 수염에 묻은 액체를 손등으로 쓸어낸 호른이 선언했다.

"내가 졌군."

"……예?"

"양념 치킨. 그래, 닭은 아무리 맛있어도 순수하게 즐길 수가 있었다. 내 전문 분야는 요리 쪽이 아니니까. 하지만…… 하지만 맥주에 관해서라면 누구보다 뛰어나다고 자부했거늘."

그런 자신감이 하루아침에 깨져 버린 것이다. 현대의 세계에서도 최고라고 손꼽히는 벨기에의 맥주에 의해서.

"……반드시 이 맥주보다 뛰어난 맥주를 만들어 보이겠다."

야심 찬 포부를 드러낸 호른. 하지만 그것도 잠시, 그는 우선 눈앞의 음식들을 폭풍 흡입하기 시작했다.

"음……! 양념 치킨과 함께 먹는 맥주도 기가 막히는군!"

"그걸 치맥이라고 합니다."

"치, 치맥?"

"치킨과 맥주의 줄임말입니다."

"오오, 치맥! 듣기만 해도 강렬해 보이는 이름이군. 마음에 든다, 치맥! 치맥!"

불과 몇 분 만에 열렬한 치맥의 신자가 되어버린 호른. 그는 간만에 포식이라 칭할 만한 식사를 마치고는 잔뜩 튀어나온 배를 두드렸다.

"이렇게 즐거운 식사는 태어나서 처음이었다."

"즐겨주셔서 감사합니다."

"아니, 나는 대지의 신 호른. 은혜를 받은 채 입을 씻는 건 신의 도리가 아니지. 원하는 것이 있다면 나에게 말을 해보거라."

'왔다……!'

호른의 말에 눈을 빛낸 카이. 그는 헬릭을 한 번 쳐다보고는, 호른을 한 번 더 쳐다봤다.

그리고 입 밖으로 꺼냈다.

"두 분, 혹시 다른 신들까지 초대하는 거대한 연회를 한 번 개최해 보실 생각 없으십니까?"

자신이 두 사람을 본 순간부터 그려왔던 원대한 그림을.

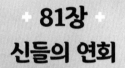

# 81장
## 신들의 연회

"연회?"

호른은 눈만 깜빡거렸고, 헬릭은 다 먹은 과자 봉지를 탈탈 털어 부스러기를 먹고 있었다. 하지만 만족할 만큼 부스러기가 나오지 않자, 곧장 투정을 부렸다.

"흐응…… 사탕과 과자, 케이크를 못 먹는데 연회를 한들 무슨 소용이더냐."

"아, 물론 연회를 할 때는 드실 수 있게 허락해 드리겠습니다."

"그럼 나는 찬성이니라!"

헬릭이 손을 번쩍 들며 소리쳤다. 그 단순한 모습을 쳐다보던 호른이 앓는 소리를 냈다.

"끄응, 저 단순한 녀석…… 하지만 우선 연회를 열고자 하는 목적을 묻고 싶다만?"

예리한 사람, 아니 신.

사실 호른의 질문은 당연한 것이었다. 어찌 보면 가장 정상적인 반응이라고 봐도 좋을 터.

'신이라면 어느 정도 거짓을 간파할 수도 있겠지?'

잠시 생각을 정리한 카이가 입을 열었다.

"다른 신들의 존안을 직접 뵈고, 인사를 나누면 굉장히 기쁠 것 같습니다."

틀린 말은 안 했다. 해야 할 말을 끝까지 하지 않았을 뿐.

잠시 카이를 쳐다보던 호른이 천천히 고개를 끄덕였다.

"독특하군. 하지만 좋네. 들어보니 재미있을 것 같군."

"그럼 날짜는 언제 정도가 좋을까요?"

헬릭이 다시 한번 손을 번쩍 들었다.

"오늘! 오늘이 좋을 것 같으니라!"

"흠. 이런저런 준비를 하려면 그래도 최소 사흘 정도 후가 편하지 않겠나?"

"사흘 후. 알겠습니다. 그럼 어떤 신들을 초대하실 건지 여쭤도 되겠습니까?"

"왜, 왜 내 말을 무시하느냐?"

자연스럽게 헬릭을 무시하는 두 사람!

하지만 헬릭은 카이가 머리를 몇 번 토닥여 주자 금세 조용해졌다.

"흠. 사실 이 꼬맹이와 나는 알고 있는 신이 그리 많지 않아. 사교성이 그리 좋지는 않아서……."

호른은 부끄러운지, 살짝 기어들어 가는 목소리로 말했다. 물론 같은 상황에 놓인 헬릭은 달랐다.

"웅? 호른. 무슨 소리를 하는 것이더냐. 나는 로비랑 하쿠도 안다."

"나를 포함해서 고작 세 명밖에 모르잖나."

"……그게 적은 거 더냐?"

혼자 고민에 잠긴 헬릭을 잠시 방치한 두 사람은 대화를 이어갔다.

"그렇다고 내 사교성이 딱히 좋은 것도 아닌지라, 나도 대여섯 명 정도밖에 모르네."

"음…… 괜찮습니다. 아마 다들 바빠서 친구를 사귈 시간이 부족했던 것이겠지요."

카이의 위로에 고맙다는 표정을 지은 호른이 가볍게 탄성을 터뜨렸다.

"아! 그리고 보니 그러면 되겠군."

"예?"

"사랑의 신 로비. 그녀에 대해서 알고 있나?"

"헬릭 님이 말씀하시는 걸 몇 번 들어는 봤습니다."

"그 녀석은 사랑의 신이라 그런지 제법 발이 넓어. 그녀의 도움을 받으면 신들을 제법 끌어모을 수 있을 걸세."

"그럼 부탁드리겠습니다. 아, 혹시 신들이 좋아할 만한 게 뭐가 있을지 알 수 있을까요? 연회 준비에 참고하려고 합니다."

"음식."

"먹는 거!"

처음으로 두 사람의 의견이 맞아 떨어졌다.

헬릭이 입을 열었다.

"평생 천계에서 살아가는 우리들은 지상의 음식을 먹어볼 기회가 그리 없느니라."

"옳은 말이다. 게다가 가끔씩 먹는다고 해도, 아까 먹었던 치맥만큼은 절대 아니지."

"결국 음식인가요."

카이의 입장에서는 그저 쾌재를 부를 뿐이었다.

'음식 준비는 간편하니까.'

게다가 스페셜 칭호를 얻는 일이다. 밥값 정도는 몇백 번이고 내줄 의향이 있었다.

"그럼 사흘 후 이 시간. 음식들을 들고 이곳에 찾아오겠습니다."

"신들은 그보다 두 시간 정도 뒤에 오라고 해야 되겠군."

"카이여. 다른 건 몰라도 케이크는 절대로 잊으면 안 되니라. 절대로!"

"크흠. 될 수 있으면 치맥도 잊지 말아줬으면 좋겠군."

"물론입니다 두 분."

카이가 미소를 지었다.

연회 때는 그것보다 더한 음식들을 꺼내올 생각이니까.

'신들의 정신을 아주 쏙 빼놓아야 하니까.'

바빠질 것 같았다.

지상으로 돌아온 카이는 분주하게 움직이기 시작했다. 우선 그가 방문한 곳은 왕국의 가장 큰 규모의 도서관.

"키워드는 신으로 해주십시오."

사서에게 신에 관한 서적의 안내를 받은 카이는 자리에 앉아 책을 읽기 시작했다.

사르륵, 사르륵.

책장을 넘기는 소리가 들리는 것이 20시간을 넘어갔을 무렵.

툭.

드디어 책을 덮은 카이는 후련한 표정을 지었다.

'후우, 자료 조사는 이 정도면 되겠어. 신들의 기호는 알아냈으니까.'

미드 온라인의 신들은 그리스 로마 신화처럼, 다양한 이야기와 신화가 내려져 오고 있었다. 당연히 그들의 성정이나 좋아하는 것이 무엇인지 또한 신화를 읽다 보면 대략적으로 유추가 가능했다.

'이제 준비는 완벽해.'

자신이 준비할 수 있는 건 여기까지였다. 이제 남은 건 호른과 헬릭, 로비가 신들을 잘 초청할 수 있기를 바랄 수밖에.

"……그래도 최소 10명은 오겠지?"

카이가 장난스럽게 웃었다.

"오, 공간이 넓어졌네요?"

천계에 위치한 헬릭의 둥둥 하늘을 떠다니는 섬. 이미 몇 번이고 와본 적이 있는 장소였지만, 오늘은 그 모습이 사뭇 달랐다.

'섬이 늘어나기도 하네?'

우선 평소보다 섬의 면적이 더 넓어졌다. 바닥에는 잔디가 깔려 있고, 길가에는 하얀 대리석이 박혀 있어 고급스러운 기분을 자아냈다. 게다가 섬 중앙의 분수도 훨씬 화려해졌다.

원리가 뭔지는 모르겠지만, 분수대에서 쏘아내는 물줄기는 동물 등을 그려내는 중이었다.

"물의 신 하쿠가 직접 만든 분수대일세."

만족한 표정으로 가까이 다가온 호른이 미소를 지었다.

"그렇군요. 혹시 오늘 신들이 몇 명이나 오시는지 알고 계시나요?"

"음…… 글쎄. 그 일에 관해서는 로비가 맡겨만 달라고 했던지라 잘 모르네."

"알겠습니다. 그럼 지금부터 준비를 하죠."

카이는 신들이 먹을 음식을 준비하기 시작했다.

'이건 무조건 뷔페 형식으로 가야 해. 그렇지 않으면 답이 없어.'

카이는 학창시절에 보육원이나 노인정 등에서 봉사활동을 해본 경험이 있다. 그때의 기억을 백분 떠올린 그는 곧장 뷔페 스타일로 음식들을 세팅했다.

"오오, 맛있는 냄새가 코를 찌르는군."

카이가 준비한 음식들을 올려놓은 테이블은 그 길이만 20미터가 될 정도로 길었다. 그 위에 올려진 음식들은 치킨을 포함해서, 호불호가 그리 갈리지 않는 현대의 음식들뿐!

"이제 기다리는 일만 남았군요."

"음음, 이거 막상 연회를 한다고 생각하니 조금은 설레는군."

"하하하, 모쪼록 즐겨주십시오. 그나저나…… 헬릭 님은 어디 가셨지요?"

"아, 그 녀석은 로비가 데려갔다."

"로비 님께서요?"

카이가 눈을 깜빡였다.

연회가 시작되기도 전에 주최자를 데려가다니.

"그나저나 이제 올 시간이 되었네."

"예. 벌써 시간이 그렇게 되었네요."

없던 긴장이 피어오른 카이도 침을 꿀꺽 삼켰다.

"오는군."

카이는 느낄 수 없는 무언가를 감지한 호른이 중얼거렸다. 동시에, 카이는 사방의 공간이 일그러지는 것을 목격했다.

"뭐, 뭐야."

어지간해서는 놀라지 않는 카이가 입을 쩍 벌렸다. 그의 육안으로 확인한 공간의 일그러짐과 서른 개가 넘어갔기 때문이다. 잠시 후, 일그러진 공간에서는 다양한 군상의 신들이 아무렇지도 않게 걸어 나오기 시작했다.

"흠흠, 태양신이 주최하는 연회라니. 궁금하군."

"그 꼬맹이 녀석 말이지? 키는 좀 자랐는지 모르겠네."

"그나저나 이게 무슨 냄새인가요? 자꾸 침이 고이는 기분이 들어요."

'자, 잠깐. 이게 다 몇 명이야?'

그들의 면면을 확인하며 숫자를 세는 카이는 어지러움을 느꼈다.

그도 그럴 것이…….

[물의 신 하쿠를 목도합니다.]

[스페셜 칭호, '물의 목격자'를 획득합니다.]

[힘의 신 가우스를 목도합니다.]

[스페셜 칭호, '힘의 목격자'를 획득합니다.]

[전쟁의 신 마스를 목도합니다.]

[스페셜 칭호, '싸움 목격자'를 획득합니다.]

[지혜의 신 야니르를 목도합니다.]

[스페셜 칭호, '진리 목격자'를 획득합니다.]

…….


그의 눈앞으로는 일상생활이 불가능할 정도로 방대한 메시지들이 떠올랐으니까. 게다가 아무리 카이라도, 스페셜 칭호를 이렇게 짧은 시간에 수십 개나 얻는 건 처음이었다.

그뿐만이 아니었다.

"아, 이 녀석이야? 네가 입에 침이 마르도록 자랑하던 대리인이?"

"그렇느니라."

뒤쪽에서 들려오는 익숙한 목소리에 고개를 돌린 카이의 눈이 크게 뜨여졌다.

"어, 어때 보이느냐."

헬릭은 연회의 주최자답게 적색 계열의 화려한 동양풍 드레스를 차려입은 상태였다. 드레스 곳곳에 박혀 있는 황금색의 점들은 마치 밤하늘을 수놓은 별처럼 느껴졌다. 여기에 정점을 찍은 것은 위로 묶어 올린 머리카락에 꽂혀진 고급스러운 비녀 한 자루.

만약 훗날 결혼해서 딸을 낳는다면, 꼭 이런 딸이었으면 좋겠다는 생각이 들 정도다.

"엄청 귀여우십니다."

"……헤헷."

카이의 진심이 담긴 칭찬이 부끄러운지, 헬릭이 옆에 선 이의 손을 꼬옥 잡았다.

'아, 그리고 보니…….'

헬릭의 옆에 서 있는 여인. 아직 메시지는 뜨지 않았지만, 누구인지는 알 것 같았다.

'사랑의 신, 로비.'

그 예상은 정확했다.


[사랑의 신 로비를 목도합니다.]
[스페셜 칭호, '매혹 목격자'를 획득합니다.]


그녀가 생글생글 웃으며 입을 열었다.

"안녕? 이야기는 많이 들었어."

"예, 저도 자주 들었습니다. 듣던 대로 정말 아름다우시네요."

빈말은 아니었다. 로비는 사랑의 신이라는 위명에 걸맞게, 굉장히 아름다운 모습을 지니고 있었으니까. 그녀와 미모를 견줄만한 사람이라고 해봤자, 카이가 알기로는 유하린이나 설은영 정도밖에 떠올릴 수 없었다.

"……그래서, 오늘 연회에 참석한 신들은 모두 몇 분이나 되십니까?"

그들을 초대한 건 로비다. 하지만 그녀는 장난스러운 미소를 지으며 고개를 흔들었다.

"나도 모르는데?"

"……예?"

"나도 모른다고."

"하지만 직접 초대하셨잖아요?"

"응. 그런데 너, 신들이 몇 명이나 있는지는 알고 있어?"

"그야……."

도서관에서 찾아본 결과. 미드 온라인에 존재하는 신들의 숫자는 정확히 77명이었다.

"77명 아닙니까?"

"어머, 지상에는 그렇게 알려져 있니? 유감. 틀렸어."

"그 말씀은?"

"아무리 믿는 신도가 없다 해도 신위(神位)가 박탈되는 건 아니야. 그저 잊혀질 뿐."

살짝 아련한 눈빛을 품은 로비는 계속해서 공간이 일그러지는 허공을 쳐다봤다.

"그래서 그냥 현존하는 모든 신들에게 초대를 보냈어."

"……그게 몇 명인데요?"

"한 200명? 그중에서 몇 명이나 올지는 나도 잘 몰라. 아, 물론 쓰레기 같은 악신들에게는 안 보냈으니 걱정하지 마."

200명이란다. 그중에서 절반만 응답하더라도…….

'맙소사.'

시장 바닥처럼 시끄러워진 천상의 정원을 바라보던 카이가 애매한 표정을 지어 보였다.

"여어, 히사시부리~ 오랜만이구만!"

"자네도 그간 잘 지냈나?"


[재회의 신, 히사시부리를 목도합니다.]


'신 이름이 왜 저런…… 아니, 지금은 이게 중요한 게 아니지.'

이미 획득한 스페셜 칭호만 70개가 넘은 지 오래. 그 말은 연회에 참석한 신들의 숫자도 70명이 넘었다는 소리였다.

'음식, 음식이 부족하다!'

아직까지는 신들이 간만의 재회에 웃고 떠드는 중이다. 하지만 벌써부터 음식들의 냄새를 맡고 고개를 두리번거리는 이들이 눈에 보인다.

'지금부터 내가 지상에 내려가서 준비하는 건 늦어……'

당연한 말이지만, 자신이 오늘 사온 음식들은 모두 최상급의 요리들이다. 현실에서도 미슐랭 3성을 받은 레스토랑의 셰프들이 만든 음식도 있을 정도.

'하지만 지금부터 그런 요리를 공수하지는 못해.'

무려 신들이 즐기는 연회다. 그들은 자신을 기쁘게 만들면 축복을 내려주지만, 노하게 만들면 저주를 내리는 존재들.

'음식을 지금 당장 머릿수에 맞게 준비하는 방법은……'

지금 상황에선 단 하나밖에 없다.

카이는 곧장 가상 키보드를 현란하게 두드렸다.


-카이 : 미네르바.
-카이 : 미네르바.
-카이 : 미네르바.


정확히 세 번의 부름이 끝났을 때, 답장이 돌아왔다.


-미네르바 : 뭐, 뭐예요? 이렇게 다급하게.

그녀가 당황했다는 것이 텍스트 너머로도 느껴졌다.


-카이 : 미안한데 심부름 하나 해주셔야겠어요.
-미네르바 : 후우…… 정말 잘 부려먹으시네요. 하지만…….


프레이 길드는 성혈단에 소속되어, 그들의 노하우와 기술을 가장 가까운 곳에서 봤다. 당연히 성장 속도가 빠를 수밖에 없다. 받은 것이 있으니 토해낼 수밖에 없다.


-미네르바 : 알겠어요. 무엇을 하면 되나요?
-카이 : 지금부터 제가 부르는 음식들을 준비해 주세요. 양은…… 넉넉하게 100인분씩이요. 대금은 나중에 드릴게요.
-미네르바 : 그렇게나 많이요? 어디서 구휼이라도 하시나요?
-카이 : 음…… 그렇게 생각하셔도 무방합니다.


생에 맛있는 음식을 한 번도 먹어보지 못한 존재들이 바로 신이니까. 이건 구휼과 다름없다고, 카이는 생각했다.


-카이 : 최대한 빠르게 움직여 주십시오.
-미네르바 : 걱정 마세요.

미네르바가 자신감을 드러내 보였다.

세계 9대 길드 중 한 곳인 프레이 길드, 그들의 유능함을 보여주겠다고 생각하면서.

"휴우."

카이는 안도의 한숨을 내쉬었다. 확실히 미네르바의 당당함은 허세 따위가 아니었다. 정확히 25분 만에 자신이 원하던 모든 음식들을 100인분씩 정확히 준비해 놨으니까.

'역시 길드는 개인이 할 수 없는 일을 할 수 있어.'

대륙 곳곳에 길드원들을 흩뿌려 음식점에 줄을 서게 하고, 음식을 사온다. 매우 간단한 방법이지만, 카이는 죽었다 깨어나도 할 수 없는 일이기도 했다.

'덕분에 한숨 돌리긴 했는데…….'

새롭게 도착한 음식들의 세팅도 마친 카이였지만, 그는 여전히 걱정스러운 표정을 지었다.

'끄응. 시간이 부족한 관계로 이번에 사 온 음식들은 고급 요리라 부르기에는 무리가 있어.'

세계적인 셰프들이 조리한 요리들은 당연히 구하지 못했다.

그 때문에 카이가 공수한 것은 패스트푸드라고 불리는 것들. 바로 햄버거와 피자 같은 음식들이었다.

'부디 좋아해 줬으면 좋겠는데.'

걱정도 잠시. 서로의 재회에 이야기꽃을 피우던 신들은 마련된 연회석에 하나둘 앉기 시작했다.

"오랜만에 반가운 얼굴들을 많이 만나서 실컷 떠들었더니 목이 마르네요."

"허허, 나는 배도 좀 고픈 것 같은데."

"쯧쯧. 거 아무리 신위가 약해졌다고 해도, 신이라는 작자가 식욕 하나 절제 못 하나?"

"하지만 아까부터 맛있는 냄새가 나고 있지 않아요? 저도 배가 좀 고픈 것 같아요."

"크, 크흐흠. 확실히……."

신들의 시선이 자연스럽게 한 곳으로 향했다.

바로 갖가지 음식들이 놓여 있는 길다란 테이블.

'이제 곧 식사 시작이다.'

하지만 그 전에 먼저 해야 할 일이 있다.

"헬릭 님."

상석의 옆에 서 있던 카이는 조심스럽게 헬릭의 귓가에 속삭였다. 그러자 앉아 있던 헬릭이 고개를 끄덕이고는 자리에서 일어나 의자 위로 올라갔다.

자연스럽게 모든 신들을 내려다보게 된 헬릭!

"음음. 오늘 나의 연회에 참석해 준 모든 이들에게 감사의 인사를 전하는 바이니라. 맛있는 음식과 술을 준비해 두었으니, 부디 입과 눈, 귀가 호강하는 즐거운 시간들을 보내기를. 아참, 가장 추천하는 메뉴는 역시 케이크이니라."

"케이크?"

"그게 무슨 음식이지?"

"뭐, 하나씩 먹어보면 알지 않겠나."

카이는 그대로 신들을 인도하며 음식을 덜어내는 법을 가르쳐주었다.

"이곳에서 그릇을 가지고, 오른쪽으로 가시면서 먹고 싶은 음식들을 담으시면 됩니다."

"호오, 재미있는 방법이로군."

"확실히 이런 식이라면 지저분해지지 않아서 좋겠어."

"이제 보니 음식들 옆에 이름과 설명도 쓰여 있군?"

"햄⋯⋯버거? 처음 보는 음식인데 신기하게 생겼군. 난 이걸 먹어보겠네."

신들은 질서정연하게 줄을 맞춰서 자신들의 그릇에 음식을 차곡차곡 담았다. 자리에 먼저 돌아온 신이라고 입에 음식을 그대로 욱여넣지는 않았다.

다른 이들이 자리에 앉기를 기다릴 뿐.

이윽고 모든 신들이 착석하자, 헬릭은 케이크만 네 조각이 담긴 접시를 쳐다보며 식사 기도문을 낭송했다.

"사랑하는 나여, 오늘도 우리에게 필요한 양식을 주어 감사합니다. 오늘도, 내일도, 내일 모레도 케이크만 먹을 수 있는 날이 오기를. 태양신 헬릭의 이름으로 기도합니다."

"……."

그야말로 듣도 보도 못한 기도문!

하지만 기도를 드리는 대상이 본인인 이상, 태클을 걸고 싶어도 걸 부분은 없었다.

식사가 시작되었다.

"음? 이 맛은……!"

가장 먼저 음식에 입을 댄 것은, 호른에게 영업을 당해 양념치킨을 가져온 신이었다.

"어때? 둘이 먹다가 하나가 죽어도 모를 맛 아닌가?"

그의 기분을 백분 이해한다는 듯, 흐뭇한 표정을 짓고 있는 호른. 하지만 양념치킨을 먹은 신은 그 말이 들리지도 않는 듯, 빠르게 손과 입을 움직였다.

오물오물.

"오, 오오오……! 내 입안에서 닭이 푸드덕거리며 날갯짓을 하는 기분일세!"

"후후. 그것이 끝이 아닐세. 이 맥주도 함께 마셔보게나."

스윽.

호른이 베스트 블레테렌 12가 가득 담겨 있는 맥주잔을 그에게 밀었다.

"맥주? 설마 맥주까지 맛있단 말인가?"

"아, 일단 마셔보게."

"그렇게까지 말한다면……."

벌컥벌컥.

목을 넘기는 맥주의 신선하고도 획기적인 맛!

신은 아예 졸도할 것 같은 표정을 지으며 입을 다물지 못했다.

"허, 허억……!"

"흐흐흐. 놀랍지? 이게 바로 치맥이라는 것일세. 치맥."

자신은 경험자라는 걸 강조라도 하듯, 어깨가 한없이 높아지는 호른!

다른 신들이라고 다르지는 않았다.

"호른에게 좋은 걸 배워왔네. 치맥이라는 것이 맛이 기가 막히더군. 한 번 먹어보지 그러나?"

"나는 이 음식을 한 번 먹어보려고 하네."

힘의 신 가우스의 접시에 담긴 것은 두 장의 빵 사이에 고기 패티와 특별한 소스, 토마토나 양상추를 비롯한 다양한 채소가 들어 있는 햄버거였다.

"호오, 빵과 채소, 고기와 야채가 한데 들어 있는 음식이라?

이름이 뭐던가."

"햄버거라고 하더군."

"설명만 들으면 그야말로 완전식품 아닌가! 맛은 어떨지 궁금하군."

"글쎄, 나도 궁금하니 지금 바로 먹어보겠네."

그대로 햄버거를 한 입 베어 먹는 가우스.

한 입, 두 입.

입안의 햄버거를 꼭꼭 씹을 때마다, 그의 얼굴 위로 다양한 감정이 떠올랐다. 처음에는 놀라움에서, 다음으로는 행복함이, 마지막에는 황홀함이.

햄버거 하나를 순식간에 해치운 그는 자리에서 벌떡 일어났다.

"자, 자네 어디 가나?"

"햄버거 가지러 가네."

"그렇게 맛있는가? 생긴 건 영 별로인데."

그 말에 가우스가 울컥한 목소리로 따지듯 물었다.

"뭐? 네가 감히 햄버거를 모독해? 지금 당장 사과해라."

"허허. 그래봤자 치맥 아래에서 평등할 뿐이네. 치맥은 음식과 음료가 훌륭한 조화를 이루고 있는 이 세상에서 가장 완벽한 음식이니까."

"크윽……"

반박할 말을 찾지 못한 가우스가 분하다는 표정을 지으며 입을 꾹 다물었다.

저자의 말이 맞았다. 햄버거는 자신의 기준으로 완벽, 그 자체인 식품이었지만, 치킨과 맥주처럼 같이 곁들여 먹을 수 있는 영혼의 단짝은 없었다.

하지만 그때, 돌연 아래쪽에서 꾀꼬리 같은 목소리가 들려왔다.

"짚신에게도 짝이 있는 법이거늘, 설마하니 햄버거에게 어울리는 음료가 없을까."

두 신이 고개를 아래로 내리자, 순백의 드레스를 입을 헬릭이 종이컵 하나를 내밀었다.

"힘의 신 가우스여, 가엾은 그대에게 이 음료를 권하나라."

"이건……?"

"햄버거의 영원한 단짝이자, 감자칩의 단짝이기도 한 그 이름."

헬릭이 광채를 반짝반짝 거리며 말을 이었다.

"그 이름하야, 콜라이니라."

"코, 콜라!"

입안에서 떠도는 그 영롱한 울림 때문이었을까.

가우스는 저도 모르게 경건한 자세로 두 손을 뻗어 종이컵을 받아 들었다.

그리고 쪼옥! 검은색 액체를 마시는 순간.

그는 입안에서 톡톡 튀어 오르는 강렬한 맛을 느끼며 눈물을 주르륵 흘렸다.

"아아, 신위 박탈당하지 않고 살아 있길 잘했다……"

신으로 하여금 삶의 감사함을 느끼게 만드는 음식!

가우스가 감동을 느끼며 눈물을 줄줄 흘리고 있을 때, 헬릭이 접시 하나를 더 내밀었다.

"자, 식사가 끝나면 후식으로 케이크를 먹는 것이니라. 먹고 나서 나의 대리인에게 이렇게 전해다오. 신들은 케이크를 하루에 한 조각씩은 먹어야 살 수 있는 존재라고."

"……"

'반응 좋은데?'

신들의 만찬을 지켜보던 카이는 입에서 새어 나오려는 웃음을 참느라 혼이 났다.

그야말로 대성공.

신들은 카이가 공수한 음식들에 미치다 못해 환장한 상태였다.

'물론 신들이 입맛에 따라 여러 개의 파로 나뉜 것은 웃기지만……'

카이가 미묘한 표정을 지었다.

호른이 이끄는 치맥 파. 가우스가 이끄는 패스트푸드 파. 마지막으로 헬릭이 이끄는 간식 파.

신들의 입맛은 크게 세 가지로 나뉘어, 서로 자신들이 먹는 음식이 최고라고 우기고 있었다.

'뭐, 토론이 나쁜 건 아니니까.'

어깨를 으쓱거린 카이는 헬릭에게 다가갔다.

"헬릭 님. 신들께서 식사를 다 마치신 것 같은데 뒷정리 좀 부탁드립니다."

"응! 알겠느니라."

짝!

헬릭이 박수 한 번을 치자, 음식물 쓰레기와 식사의 잔해들이 쥐도 새도 모르게 사라졌다. 그 보상으로 카이는 헬릭의 머리를 쓰다듬었다.

"헤헤. 이거 기분 좋으니라."

"감사합니다. 그럼 이제 연회의 다음 단계를 시작하지요."

"응? 다음도 있었느냐?"

"물론이지요. 연회인데 설마 밥만 먹고 끝나겠습니까?"

말도 안 된다는 듯 손사래를 치는 카이.

'오늘 같은 기회가 언제 올지 누가 알겠어.'

자고로 뽕이란 한 번 뽑을 때 제대로 뽑아야 하는 법.

카이는 인벤토리에서 종이 뭉치를 꺼내기 시작했다.

"후후후."

<br>

"자네는 이게 뭔지 알고 있나?"

"글쎄? 우선 한 장씩 가지고 있으라고 하던데. 용도는 모르겠네."

"흐음. 정말 맛있는 식사를 했으니 조금 쉬고 싶은데 말이야."

"재미가 없다면 난 곧장 돌아가서 식사의 여운을 즐기겠어."

각자 종이 한 장씩을 손에 쥐고 있는 신들이 금세 따분해진 목소리로 중얼거렸다.

'성질 급한 양반들······.'

마음이 조급해진 카이는 서둘러 수레 하나를 끌고 신들이 앉아 있는 좌석 중앙으로 향했다.

"음? 저게 뭐지?"

"안에 뭐가 들어 있는지 알 수 없는 통이로군."

"흐음······."

카이가 들고 온 것은 속이 보이지 않는 거대한 통이었다.

"흠흠."

주변의 신들을 한 바퀴 쭉 훑어본 카이가 입을 열었다.

"자, 연회의 다음 단계로는 '빙고'라는 것을 준비했습니다."

"빙고?"

"그게 뭐지?"

"인간들 사이에서 유행하는 놀이인가?"

"예. 어떻게 하는 것이냐면……."

카이가 간단한 룰을 설명하자, 신들이 제법 재미있겠다는 표정을 지었다.

"좋아. 재미있겠군. 그런데 1등부터 3등까지는 상품이 있다고?"

"예. 원하시는 음식을 한 달간 무료로 제공해드리겠습니다."

"……."

카이의 말이 끝나자, 게임에 임하는 신들의 자세가 돌변했다. 그 모습을 쳐다보던 카이는 만족스러운 표정으로 말을 이었다.

"하지만 이 게임에 참가하려면 참가비를 내셔야 합니다."

"얼마가 되었건 내겠네!"

"하지만 우린 인간들이 사용하는 화폐가 없거늘……."

"에이, 어찌 존경하는 신들께 인간의 화폐를 달라 청하겠습니까."

카이가 씨익 웃었다.

그들이 공통적으로 가지고 있는 것이 한 가지 있지 않은가.

바로, 신성력이다.

미드 온라인의 모든 사제 혹은 성기사들이 지니고 있는 신비로운 힘, 신성력.

그들이 신성력을 사용할 수 있는 원리는 간단하다. 바로 신이 직접적으로 자신의 아이들에게 힘을 내려주기 때문.

'한마디로 이 자리에 있는 신들 중, 신성력이 없는 이들은 없단 말이지.'

물론 신도가 없어서 지닌바 힘은 천차만별일 수 있으나, 신성력은 다르다. 그건 신이 지니고 있는 본연의 힘. 신성력이 없는 신이었다면, 진작 신위를 박탈당했어야 정상이다.

"아주 약간의 신성력. 그 정도면 될 것 같습니다."

"흠, 신성력이라."

"확실히 못 낼 정도는 아니군."

"조금 아깝기는 하지만……."

자린고비처럼 자신의 신성력을 내줘야 한다는 사실에 불만을 가지는 신도 더러 있었다. 하지만 먹고 싶은 음식 한 달 어치가 걸린 시점에서, 빙고 게임에 참가하지 않을 수는 없었다.

"여기 있네."

신들의 손 위로 저마다 다른 색을 지닌 신성력이 떠올랐다. 각각의 권능이나 능력에 따라 그 형태는 다르겠지만, 본질은 모두 같은 신성력이다.

[힘의 신 가우스가 신성력 10을 지불했습니다.]

[물의 신 하쿠가 신성력 10을 지불했습니다.]

[태양신 헬릭이 신성력 10을 지불했습니다.]

…….


카이가 참가비로 건 신성력은 겨우 10. 하지만 티끌을 모아 태산을 만들 수도 있는 법!

'모여든 신들의 수가 정확히 73명이니, 신성력도 730이나 모여.'

정상적인 플레이어라면, 146레벨을 올리는 동안 신성력에 모든 스탯을 몰아줘야 가능한 수치!

하지만 카이는 신들을 먹을 것으로 휘어잡고, 빙고 게임이라는 초강수까지 두면서 이를 손쉽게 얻어냈다.

'음식 정도는 사실 여기 있는 모두에게 1년 내내 먹고 싶은 만큼 먹여줘도 손해가 아니야.'

하지만 처음부터 그렇게 모든 것을 퍼주면 감사함을 잊어버리게 십상이다. 항상 바라는 것을 조금씩, 애가 탈 정도로 나눠서 주는 것이 효율적이다.

"자, 그럼 어서 시작해 보지. 그 빙고 게임이라는 걸 말일세."

"내가 룰을 잘 이해한 게 맞다면, 자네가 그 상자에서 뽑아든 숫자들. 그것들이 내 판에 일렬로 나오면 된다 이거지?"

"잘 이해하셨습니다. 역시 지혜의 신다우십니다."

"허허, 이 정도야 뭐."

지혜의 신 야니르가 쑥스러운 표정으로 머리를 긁적였다.

그들을 쳐다보던 카이가 대망의 첫 번째 공을 뽑아 들었다.

"47!"

"오오, 나왔군!"

"나도 나왔네."

"이런, 내 빙고 판에는 47이라는 숫자가 없네."

73명의 신들은 47이라는 숫자 하나에 희비가 교차했다.

"자, 그럼 두 번째 공 뽑습니다……."

두 번째, 세 번째, 네 번째.

카이가 계속해서 빙고를 진행해나가던 순간, 헬릭이 볼을 잔뜩 부풀린 채 손을 들었다.

"예, 헬릭 님. 왜 그러시는지요?"

"카이여! 이 게임은 너무 불공평하다!"

그녀는 이어서 한 남자를 척 가리키며 말했다.

"행운의 신은 그대가 숫자를 뽑는 족족 다 들어맞고 있지 않느냐!"

"어, 어흐흠! 그것도 본인의 능력 아니겠어요?"

"……."

행운의 신은 젊은 청년의 모습을 하고 있었는데, 마치 치트를 쓰다가 들킨 사람처럼 식은땀을 삐질삐질 흘리고 있었다.

"음…… 확실히."

행운의 신은 이 세상의 모든 행운을 관장하는 신. 당연히 이렇게 운이 따라줘야 하는 종류의 게임에서는 그를 이길 수가 없었다.

"좋아요. 그럼 행운의 신님은 이 게임에서 제외하겠습니다."

"뭐, 뭣! 그러는 게 어디 있나!"

행운의 신이 당장 격노했다. 하지만 카이는 한마디의 말로 그의 분노를 잠재웠다.

"대신 행운의 신님께는 식사 한 달 무료권을 따로 드리겠습니다."

"으음. 그렇다면 나도 별다른 불만은 없네."

오히려 만면에 활짝 미소를 지을 정도. 물론 다른 신들은 카이의 독단적인 결정에 반발했다.

"아니, 잠깐 기다리게! 게임도 하지 않으면서 1등 보상을 손에 넣다니?"

"이건 너무 불공평하지 않은가!"

"그럼 행운의 신님을 게임에 참여시킬까요? 그의 행운을 당해내고 1등을 할 자신이 있으신 분은 손을 들어주십시오."

"크, 크흠."

"그게 좋다는 건 아니고……."

행운의 신을 향한 질투 때문에 괜히 입을 열었던 신들은, 본

전도 못 찾고 꼬리를 말았다.

"그럼 게임 계속하겠습니다. 23!"

게임이 진행될수록 신들의 감정은 더욱 고조되었다.

"으아아, 41 한 번만 뽑아주게!"

"25! 25! 25!"

"3번! 무조건 3번이어야 돼! 그것만 나오면 빙고가 두 줄이나 완성된단 말이다!"

흡사 도박장에서나 느낄 수 있는 광기!

그들이 빙고 게임 하나에 이렇게 몰입할 줄은 카이도 예상하지 못한 일이었다.

"오, 축하드립니다. 3번 공입니다."

"으아아아! 주신이시여!"

최초로 빙고 3줄을 완성시킨 전쟁의 신이 감격의 눈물을 흘리며 손을 번쩍 들어 올렸다.

그런 그를 부러움이 가득 담긴 눈빛으로 쳐다보는 다른 신들.

"그럼 다음 공 진행하겠습니다."

카이가 공을 뽑자 순식간에 2등과 3등이 정해졌다.

"허어…… 숫자가 하나만 더 나왔으면 나도 승리할 수 있었거늘……."

"후우, 난 너무 운이 없었네. 어찌 빙고가 한 줄도 완성되지 않을 수 있겠나."

상품을 받지 못한 신들은 시무룩한 표정으로 자신의 빙고판만을 쳐다봤다. 그 순간 카이의 목소리가 그들의 귀를 유혹했다.

"자, 그럼 첫 번째 게임의 승리자는 다 정해졌군요. 그럼 바로 다음 판으로 가보실까요?"

"웅? 다음 판?"

"어라, 그럼 설마 한 판만 하고 끝내실 생각이셨습니까?"

"오오, 그렇군! 새로운 게임을 시작하면 되는 거로군!"

"허허허. 이번에는 나도 지지 않을 걸세."

새로운 게임에 다시금 의욕을 드러내는 신들.

그런 그들에게, 카이가 웃는 낯으로 손을 내밀었다.

"자, 그럼 참가비는 다시 내셔야지요?"

"……."

이번에는 게임에 참가할 수 없는 행운의 신을 제외한, 72명의 신이 지불한 신성력을 획득할 수 있었다.

'신성력 1,450개라…….'

이것은 버그 플레이는 아니다. 하지만 치트가 아니냐고 묻는다면, 카이도 할 말은 없었다.

'게다가 예상치 못한 수확까지.'

그건 두 번째 게임의 참가비를 걸면서, 신성력의 총 스탯이 3,000을 넘어갔을 때.

**[스페셜 칭호, '마르지 않는 신성력'을 획득합니다.]**

마르지 않는 신성력. 신성 스킬의 효과를 25%나 상승시켜주는 고마운 효과를 지니고 있었다.

'글렌데일의 성자, 화이트홀의 성자, 그리고 마르지 않는 신성력까지.'

이것으로 카이는 신성력을 소모하는 스킬의 효과를 무려 50%까지 끌어올릴 수 있었다.

'이래저래 얻은 게 많은 날이야.'

두 번째 게임의 승자도 정해졌다. 카이는 게임을 더 진행하라면 할 수도 있었지만, 오늘은 여기까지만 할 생각이었다.

'과하면 부족한 것만 못해. 지켜야 할 선은 지켜야지.'

카이는 게임의 진행자로서 신들의 면면을 모두 관찰할 수 있었다. 개중에는 게임이 잘 풀리지 않는지, 한 게임을 더 하자 하면 화를 낼 신들도 더러 보였다.

'그런 식으로 분위기가 싸해지면, 게임을 하려고 마음먹었던 신들도 주저하게 되지.'

그 결과는 자신을 향한 호감도 하락으로 이어질 것이 분명하다. 때문에 카이는 깔끔하게 장사판을 접었다.

"게임에 참여하신 모든 분들께 감사의 말씀을 드립니다. 약소하지만 선물도 준비해 놨으니 가는 길에 하나씩 챙겨 가시길."

"호오, 선물까지?"

"허허. 덕분에 오늘 맛있는 음식도 먹고, 재미있게 놀다가네."

게임이 잘 풀리지 않아 기분이 좋지만은 않던 신들도, 맛있는 음식이 담긴 선물 보따리를 하나씩 쥐어주니 표정이 많이 풀렸다.

"다음에 연회를 열면 꼭 좀 초대를 부탁하네."

"우리 자주 보세나!"

"하하, 당연히 초대를 드려야지요. 걱정하지 마십시오."

카이는 웃는 낯으로 연신 허리를 숙이며 신들에게 작별 인사를 건넸다.


[힘의 신, 가우스와의 호감도가 상승합니다.]
[지혜의 신, 야니르와의 호감도가 상승합니다.]
[사랑의 신, 로비와의 호감도가 상승합니다.]
…….


예의도 바르고, 재미있는 놀이와 먹거리까지 선물해 준 대상이다. 신들이 카이를 좋게 봐주는 것은 지극히 당연한 일이었다.

그때였다.

"음?"

제법 길어진 연회에 지쳤는지, 앉아서 꾸벅꾸벅 졸고 있던 헬릭이 눈을 반짝이며 일어났다.

"헬릭. 이 기운은?"

"……웅, 맞는 것 같구나."

로비의 목소리에 헬릭이 고개를 무겁게 끄덕였다.

'갑자기 왜 이러시지?'

카이의 물음과는 별개로, 그녀와 같은 기운을 느낀 신들이 웅성거리기 시작했다.

"이 기운이라면…… 아직 신위를 박탈당하지 않고 있었나보군?"

"허어. 신탁을 잘못 내려 자신의 신도들을 모두 잃은 뒤에는 반쯤 실성했다고 들었건만."

"그런가? 난 우울함을 견디지 못해 스스로 소멸했다고 들었는데."

"헬릭과는 절친이었다고 하지 않았나?"

"한때는 그랬지만 지금은 아니지. 벌써 수백 년 동안 그 어떤 신과도 교류가 없다던데."

'대체 무슨 얘기를 하고 있는지, 원.'

상황을 이해하지 못한 카이가 고개를 갸웃거리며 헬릭이 바라보는 방향을 쳐다봤다.

쩌저적.

다른 신들이 도착했을 때와 마찬가지로, 갈라지는 공간의 균열. 그 틈에서 경건한 백색의 드레스를 차려입은 소녀 한 명이 걸어 나왔다.

헬릭의 또래 정도로 보이는 그녀는 신의 얼굴이라는 믿기 힘들 정도로 얼굴이 수척했다. 겉모습만 보면 병자라고 오해를 해도 무방할 정도.

그녀는 주변을 두리번거리더니, 헬릭을 발견하고는 비틀거리는 걸음으로 그녀에게 다가왔다.

"헬릭……."

"……."

소녀의 부름에 항상 밝아 보이던 헬릭의 표정이 더없이 진중해졌다. 이어서 조심스럽게 드레스 끝자락을 잡아 올린 헬릭은 그녀를 향해 달려 나갔다.

짜악!

다짜고짜 뺨을 때리는 그녀의 과격한 행동에 깜짝 놀란 카이가 곧바로 그녀를 뜯어말렸다.

"헤, 헬릭 님!"

"……바보 같으니라고."

소녀를 내려다보는 헬릭의 두 눈에는 슬픔이 가득했다. 잠시 그녀를 쳐다보던 카이는 우선 넘어진 소녀부터 부축했다.

"저기, 괜찮으십니까? 많이 다치신 거 아니에요?"

어쩔 줄 모르는 카이에게 괜찮다고 손을 흔든 소녀는 비틀거리며 자리에서 일어나더니, 부르튼 입술을 힘겹게 열며 고개를 들었다. 그녀는 울고 있었다.

"헬리익……."

"되었다. 아무 말 하지 말거라. 내 마음 속 응어리는 방금 전 그것으로 모두 풀렸으니."

소녀와 마찬가지로, 두 눈 가득 눈물을 그렁그렁 매달아놓은 헬릭이 두 팔을 힘껏 펼쳤다.

"그저 내 품에 안겨 울거라. 나의 벗, 칼 라샤여."

"……응."

헬릭의 말에 소녀, 칼 라샤는 헬릭의 품으로 쏙 들어가 안기더니 한참을 울었다. 누가 봐도 귀엽고 예쁜 두 소녀가 서로를 껴안고 펑펑 울고 있는 모습은…… 뭐랄까.

어떤 상황인지 알 수 없어도 눈시울이 뜨거워지는 묘한 감정을 선사해 주었다.

'그런데 잠깐, 칼 라샤라면 분명?'

과거 라이넬의 던전에서 마주친 듀라한들이 생전에 모시던 신의 이름이다.

'내 기억이 맞다면 그녀의 능력이 변화였지?'

카이의 의문에는 시스템이 응답해 주었다.

**[변화의 신, '칼 라샤'를 목도합니다.]**

**[스페셜 칭호, '변화의 목격자'를 획득합니다.]**

'변화라……'

변화란 사물의 성질이나 모양, 상태가 바뀌는 것을 의미한다. 때로는 사람의 외형일 수도 있고, 마음일 수도 있다. 혹은 눈앞의 헬릭과 칼 라샤처럼, 서로의 관계가 회복되는 것도 변화의 일부일지도.

'정말, 이렇게 손이 많이 가는 울보들이 있을까.'

평소보다 손수건을 한 장 더 꺼내든 카이가 두 소녀에게 다가갔다.

"두 분 다 뚝."

"훌쩍…… 뚝."

"크응…… 뚝."

"잘하셨어요."

헬릭과 칼 라샤, 귀여운 두 신들을 달랜 카이는 손수건으로 눈물까지 닦아주었다.

'이렇게 보니까 둘이 꼭 자매 같네.'

금발의 머리카락이 풍성한 헬릭인 반면, 칼 라샤의 머리칼은 하늘색으로 이루어져 있었다. 허나 잘 어울리는 것 같지 않은 두 색이 한데 모여 있으니, 이게 또 묘하게 어울려 보인다.

"그나저나 두 분 모두 눈이 퉁퉁 부었네요."

"흐우…… 그런 말하지 말거라. 내 탓이 아니니까."

"그래요. 모든 건 저의 탓이니 헬릭을 탓하지는 말아주세요."

같은 신인데도 불구하고, 헬릭에게 유독 조심스럽고 저자세인 칼 라샤.

그 둘을 가만히 쳐다보던 카이가 조심스럽게 물었다.

"……대체 과거에 무슨 일이 있었던 건지 물어봐도 됩니까?"

카이의 질문에 서로를 쳐다보는 헬릭과 칼 라샤.

먼저 입을 연 것은 헬릭이었다.

"그대라면 괜찮겠지. 혹시 기억하는가? 아직까지 지상에 남아 있는, 한때 그녀의 신도였던 이들을."

"아. 라이넬 같은 이들 말인가요? 그……."

카이는 차마 듀라한들이라는 말을 입 밖으로 꺼내지는 못했다. 허나 입가에 씁쓸한 미소를 머금은 칼 라샤가 이를 대신 입에 담았다.

"나의 아이였던 이들은 망령이 되어 아직도 지상을 헤매고 있어요. 모두 제 탓이지요."

"그게 왜 칼 라샤님 탓입니까?"

"……뮬딘교를 우습게 보고 잘못된 신탁을 내렸으니까."

칼 라샤가 우울한 목소리로 이야기를 이어갔다.

지상에서는 이미 옛 신이라 불리며 그 존재 자체가 까맣게 잊혀진 칼 라샤. 당연한 말이지만 그 이유는 뮬딘교 때문이었다.

'무서운 놈들.'

자신들에게 대항하는 교단을 철저히 파괴하고, 신의 이름마저 지상에서 지워 버린다. 그것이 뮬딘교가 자신들에게 저항하는 타 교단을 대하는 방법이었다.

'신탁인가.'

칼 라샤는 도를 넘어선 뮬딘교를 매우 싫어했다고 한다. 당연히 자신들의 신도들에게는 뮬딘교에게 저항하라는 신탁을 내리게 되었고.

그 결과는…….

'교단의 멸망.'

안타까운 건 그것으로 끝이 아니었다는 것이다.

이어진 것은 칼 라샤교 신도들에게 내려진 끔찍한 고문과 생체 실험들. 칼 라샤는 자신의 아이들이 매 순간 비명을 지르며 자신을 찾는 소리를 들어야만 했다.

"너의 잘못이 아니라고 설득을 해보았다. 하지만 라샤는 내가 내미는 손을 잡아주지 않았지."

"그, 그야 너는 태양과 자비를 관장하는 신이니 당연히 그렇게 말하겠지……."

이후 신도들의 고통을 외면하지 못한 칼 라샤는 그들의 비명을 들으며 나날이 피폐해져 갔다. 당연히 대인기피증에 시달리게 되었고, 외부와의 모든 교류도 끊었다.

누구도 찾아올 수 없는 자신만의 장소에서 스스로 소멸 시도까지 하던 칼 라샤. 카이는 이야기를 듣고 난 후에야 헬릭의 반응을 이해할 수 있었다.

'쉽게 설명하자면…… 스스로 목숨을 끊으려는 친구를 말리고 싶었는데, 상대방이 자신의 말을 들어주기는커녕, 연락을 끊고 잠수를 타버렸다 이거지?'

심지어 칼 라샤는 몇 달이나 몇 년 단위도 아니고, 무려 수백 년 동안이나 잠수를 탔다.

'이건 맞아도 싸네.'

오히려 뺨 한 대로 모든 원망을 지워낸 헬릭이 자비의 신답다는 생각이 들 정도였다.

"그래서 이제는 좀 괜찮아지셨나요?"

"글쎄요…… 사실 아직도 잘 모르겠어요. 오늘 이 자리에 오게 된 건, 당신을 보기 위해서예요."

"저를요?"

칼 라샤는 두 눈을 깜빡거리는 카이에게 허리를 숙이며 인사했다.

"당신이 해방시켜 준 라이넬과 나의 아이들은, 천계로 가기 전에 저와 대화를 나눴어요. 그들은 저를 원망하지 않았고, 오히려 이제는 편안해져도 된다고 위로까지 해주더군요."

"……그랬군요. 그러고 보니 라이넬은 당신의 교단이 다시 한번 세워지기를 소망했습니다."

"……제가 조금만 더 현명했더라면 좋았을 텐데."

"하지만 당신의 선택이 잘못된 것은 아니지 않습니까."

이에 칼 라샤는 마치 못 들을 말이라도 들은 것처럼, 푸른색 눈동자로 카이를 올려다봤다.

"저의 선택이…… 잘못되지 않았다고요? 저를 따르던 수천 명의 아이들이 죽고, 고문을 당했어요. 모두 뮬딘에게 대항하라는 저의 무책임한 신탁 때문이잖아요……!"

"그래서 후회하십니까?"

"당연한 것 아닌가요?"

"그럼 만약 칼 라샤님이 과거로 돌아가신다면, 정 반대의 선택을 하시겠다는 소리입니까?"

카이의 질문에 칼 라샤의 눈빛이 지진이라도 난 것처럼 거세게 흔들렸다.

"그, 그건……."

"당신을 따르던 라이넬과 신도들을 욕보이지 마십시오."

"제가 언제 그들을 욕보였다고……!"

칼 라샤가 억울하다는 표정을 지었다. 하지만 이 부분에서 만큼은 카이도 물러설 생각이 없었다.

"그들이 왜 칼 라샤님을 원망하지 않았는지 생각해 보신 적 있으십니까?"

"그야, 그들은 저를 배려하기 위해……?"

"수백 년 동안 죽지도 못하는 언데드가 되어 지상을 배회하던 이들입니다. 그런 이들에게 배려심이 남아 있을 것 같습니까?"

"……."

칼 라샤가 꿀 먹은 벙어리처럼 입을 꾹 다물었다.

"그들이 마지막 순간까지 칼 라샤님을 원망하지 않은 이유는, 원망할 이유가 없기 때문입니다."

"원망할 이유가…… 없다고요?"

"예. 당신은 지극히 옳은 선택을 내렸으니까요."

그녀는 신으로서 내려야 할 지극히 옳은 선택을 했다. 다만, 때로는 옳은 선택이더라도 그 결과가 안 좋을 수 있다. 그렇게 제멋대로 흘러가는 것이 바로 '세상'이라는 놈이니까.

"결과가 좋지 않았다고 해서 그 선택이 그릇된 선택이 되는 건 아닙니다. 당신이 바라던 변화라는 건, 과정은 제쳐두고 결과만 좋으면 모든 것이 허용되는 세상입니까?"

"그건 절대 아니에요!"

칼 라샤가 목소리를 높였다.

"그건 아니지만…… 하지만 누구의 잘못도 아니라면, 저는 대체 어떻게 해야……."

그녀는 여태껏 모든 원망의 화살을 자신에게 돌리며 스스로를 채찍질하고 있었다. 그것이 자신을 믿고 따라주던 신도들을 향한 속죄의 방법이라고 생각하면서.

'하지만 칼 라샤교의 신도들은 그녀가 고통받는 걸 원하지 않을 거야.'

라이넬을 만나보았던 카이는 그 부분에 대해서 확신할 수 있었다. 그들은 수백 년이 흐른 지금까지도 자신의 신을 믿고, 따랐다. 그녀의 선택에 담겨 있던 소신과 용기를 존경하고 있었다.

"누구의 잘못도 아니라니요? 그야 당연히 뮬딘교, 그놈들의 잘못이지요."

"허억……."

"크, 크흠. 뮤, 뮬딘교라니……."

"으으음……."

그 이름이 주는 공포에 몇몇 신들이 두려운 듯 몸을 떨었다. 괜히 자신에게 불똥이 튀기라도 할까봐, 껄끄러운 표정을 짓는 이들마저 있었다. 그 한심한 작태에 카이는 눈빛이 차갑게 가라앉았다가, 빠르게 원래대로 돌아왔다.

'무능한 방관자들.'

저 작자들은 뮬딘교의 세가 한창 강대할 때 몸을 숨기기 급급하던 자들이다. 그렇다면 과연 현재 그들의 교단은 어떠할까.

칼 라샤와는 다르게 뮬딘교에 대항하지 않았으니 떵떵거리며 잘살고 있을까?

'천만에.'

그들의 교단 또한 칼 라샤교와 마찬가지로 멸망했다. 믿음을 주지 못하는 이를 열성적으로 믿고 따를 멍청이는 이 세상에 없기 때문이다.

'결과적으로는 칼 라샤의 승리다. 역시 그녀가 옳았어.'

그녀의 교단은 저들과 똑같이 망했지만, 적어도 그녀를 향한 신도들의 믿음은 영원하다. 악에 굴하지 않고 신도들을 옳은 길로 인도하는 이를 미워할 이는 없기 때문이다.

"당신은 피해자입니다. 왜 당신이 자신의 잘못이 무엇이었을지를 고민하고 있는 겁니까."

토닥토닥.

칼 라샤의 가벼운 머릿결은 이를 쓰다듬는 카이의 손짓에 쉽게 흐트러졌다.

"자책하지 마십시오. 당신의 잘못이 아니니까요."

"……."

부부와 벗은 서로 닮는다는 말이 있다.

'……울보도 전염되나?'

카이는 목청껏 울어버리는 칼 라샤의 머리를 계속해서 쓰다듬었다. 천상의 정원, 그 적막한 하늘섬 위에는 칼 라샤의 울음소리만이 구슬픈 노랫가락처럼 울려 퍼졌다.

띠링!

[지친 이에게, 상처받은 이에게, 좌절한 이에게 건네는 따뜻한 한마디의 위로. 그것은 때때로 듣는 이의 삶을 바꿀만한 무게를 지니기도 합니다. 외적인 상처만이 아니라 내적인 상처까지 어루만져 주는 것. 그것이야말로 타인을 치료하는 사제이자, 순례의 길을 걷는 당신이 끝없이 추구해야 할 궁극의 경지입니다.]

[칼 라샤의 상처 입은 마음을 치료하였습니다. 그녀는 더 이상 외톨이가 아니며, 스스로를 자책하거나 과거의 선택을 후회하지도 않을 것입니다.]

[태양신 헬릭이 당신의 치료술을 눈앞에서 목도했습니다. 그녀가 당신에게 왼쪽 눈을 찡그립니다.]

[선행 스탯이 30 상승했습니다.]

[태양 목격자의 효과로 선행 스탯이 추가적으로 15 상승했습니다.]

[칼 라샤와의 호감도가 최대치를 갱신합니다.]

[칼 라샤의 울음을 목도한 다른 신들이 다양한 감정을 느꼈습니다.]

[일부 신들은 칼 라샤에 대한 이야기를 자신의 신도들에게 퍼트릴 것입니다.]

[칼 라샤교의 재건 확률이 올라갑니다.]


고개를 돌려보니 헬릭은 정말로 왼쪽 눈을 찡그리며 윙크를 하고 있었다. 자신의 대리인이 가장 좋아하는 친우의 상처를 돌봐준 것에 대해 고마움을 느끼는 중이리라.

'칼 라샤교라.'

그녀를 모시는 사람들이 모여들려면, 구심점이 있어야 한다. 그리고 현재 카이에게는 그 '구심점'을 만들 수 있는 힘이 있었다.

'칼 라샤의 인도자 반지.'

칼 라샤교의 히든 클래스로 전직할 수 있게 만들어주는 반지다. 이제 자신이 칼 라샤교를 믿고 맡길만한 이를 찾아 건네기만 하면 모든 일은 해결된다.

카이는 한쪽 무릎을 꿇어 칼 라샤와 눈높이를 맞췄다.

"칼 라샤님. 제가 반드시 칼 라샤교에 어울릴만한 인물을 찾아 당신께 보내드리겠습니다."

"나, 나는 그대가 나의 의지를 이어줘도 좋다고 생각……."

"그건 안 되느니라!"

뒤에서 조그마한 무언가가 끼어들어 칼 라샤와 카이의 사이를 갈라놓았다.

"헬릭 님?"

"아무리 라샤, 너라고 해도 카이만은 양보할 수 없느니라. 그는 내 대리인…… 내 꺼란 말이다!"

"어머."

"호오?"

"헬릭이 저렇게까지 본인의 의사를 내세울 줄이야……."

"저런 모습은 처음 보는군."

헬릭의 당당한 선언에 이를 듣고 있던 신들이 이채를 보였다. 어찌 보면 당연한 일이었다. 방구석 폐인마냥 섬에만 박혀 있던 그녀에게서 이렇게 당당한 모습을 보게 될 줄은 몰랐을 테니까. 그것은 카이 또한 마찬가지였다.

'우리 헬릭 님이 나를 이렇게까지 생각해 주시고 계실 줄이야.'

하지만 틀린 건 틀린 거다. 그는 헬릭의 말에서 잘못된 점을 정정해 주었다.

"그런데 헬릭 님. 저는 제 것이지 헬릭 님의 것이 아닙니다. 사물이 아닌 인격체라구요."

"뭐, 뭐……? 그대는 내 것이 아니었더냐?"

"아닙니다."

카이의 단호한 말투에 헬릭은 나라 잃은 사람처럼 허망한 표정을 지었다. 그 귀여운 모습에 피식 웃음을 터뜨린 카이가 그녀를 달랬다.

"하지만 영원히 헬릭 님만의 대리인이 되겠습니다."

"그, 그대여……!"

헬릭은 크게 안도한 듯, 여느 때와 같이 주변을 밝게 빛내주는 미소를 입가에 한껏 머금었다.

# 82장
## 베이스커 남작(1)

신들의 연회는 성공적으로 막을 내렸다.

천계에서의 소소한 낙이라고 해봤자 다른 신들과의 대화가 전부였던 이들이다. 그런 이들에게 끝내주는 음식과 놀이를 전파해 줬으니 반응이 좋을 수밖에.

더군다나 떠나는 길이 가볍지 않게끔, 음식물 꾸러미도 저마다의 품에 한 아름 안겨주었다.

'그 대가로 이렇게까지 많은 걸 얻게 될 줄은 몰랐지만 말이지.'

리버티아로 돌아온 카이는 곧장 결산부터 시작했다. 가장 먼저 그의 시야로 들어온 것은 다름 아닌 스페셜 칭호들. 칭호북은 새롭게 추가된 페이지들로 인해 부실 지경이었다.

'총 71페이지인가.'

연회에는 총 73명의 신이 참석했다. 하지만 태양 목격자와 대지 목격자는 사전에 미리 획득해 두었던 상황.

따라서 새롭게 획득한 스페셜 칭호는 71개였다.

"허."

일반 칭호라고 해도 71개를 몇 시간 만에 그렇게 얻는 건 불가능에 가깝다. 하물며 스페셜 칭호다. 이 게임에서 한 사람만이 가질 수 있는 아주 특별한 칭호.

'이제 스탯 올리는 맛 좀 나겠는데?'

연회에는 정말 다양한 신들이 있었다. 덕분에 카이는 다양한 목격자 칭호를 획득할 수 있었지만, 그 효과는 대동소이했다.

'절반 정도는 스탯에 관련된 칭호들이었지.'

대지 목격자의 효과가 힘 스탯 상승과 관련이 있듯, 중복된 효과를 지닌 칭호들이 많았다.

'문제는 이게 중복 적용이 되냐는 건데……'

그것은 곧장 실험해 보면 될 일. 카이는 곧장 스탯 창을 열어 힘 스탯을 하나 올려보았다.

"……와."

동시에 카이의 입에서 감탄사가 흘러나왔다. 1,516이라는 힘 스탯이 순식간에 1,520까지 올라갔기 때문이다.

'이게 되네?'

그렇다면 다른 스탯들도 마찬가지라는 소리.

저도 모르게 입 꼬리를 올린 카이는 곧장 계산을 시작했다.

그리 복잡하지 않은 계산은 빠르게 마무리되었다.

결과는 놀라울 정도로 신기했다.

'우연의 일치인가?'

합산 결과 모든 능력치의 추가 상승은 300%로 동일했다.

'스탯 하나를 투자하면 총 네 개가 올라.'

그 말도 안 되는 결과에 카이가 입을 쩍 벌렸다. 지금부터 자신의 레벨 업이 가지는 의미는 다른 이들과는 궤를 달리할 것이다.

'다른 유저들이 레벨 4개는 올려야 나의 레벨 업 한 번과 동일하다는 소리야.'

카이는 자탄 레이드 이후 잠시 사냥을 쉬고 있는 상태였다. 사룡 시네라스 때부터 루시퍼와 지르칸, 마지막으로 자탄까지. 폭풍처럼 이어진 힘겨운 싸움에 몸과 마음도 지쳐 있었기 때문이다.

'사냥을 하고 싶은 기분도 오랜만이네.'

피가 끓는다. 당장에라도 검을 뽑고 몬스터들을 베어 넘기고 싶어서 손이 근질거렸다. 스탯들의 추가 상승은 그만큼 확실한 동기부여가 되었다.

"그럼 남은 스탯 256개를 어디에 투자해야 하나."

사실 카이는 내심 신성 스탯을 염두에 두고 있었다. 성검 소환 스킬들을 신성 폭발을 비롯한 각종 버프와 동시에 사용하면 신성력이 밑 빠진 구멍에 물을 붓는 것처럼 빠르게 소모되었기 때문이다.

'하지만 이번 연회로 인해 신성력은 걱정하지 않아도 될 것 같아.'

신성 스탯이 3천이 넘었고, 마르지 않는 신성력이라는 스페셜 칭호까지 획득했다. 덕분에 카이의 스탯 창은 이제야 사제답게(?) 보이기 시작했다.

힘과 신성 스탯의 수치가 비슷한 건 아무리 생각해도 사제의 스탯이라 보기에 무리가 있었으니까.

"그럼 답은 힘과 체력인가."

레벨이 높아지면서 카이는 체력 스탯의 중요성도 느끼게 되었다. 물론 한 번에 죽지만 않는다면 치유 스킬로 빠르게 체력을 회복할 수는 있다.

'하지만 치유를 할 틈도 없이 죽어버리면 답이 없어.'

앞으로 더 잦아질 천상계 유저들과의 전투는 서로의 찰나를 겨루는 행위다. 특히 설은영으로부터 타이탄과 검은 벌이 모종의 작당을 하고 있다는 이야기도 들은 뒤다.

'조심해서 나쁠 건 없으니까.'

카이는 여분의 스탯 256개 중 100개는 체력에, 156개는 힘에 투자했다.

**[능력치]**

힘 : 1,988 / 체력 : 1,309

지능 : 701 / 민첩 : 674

신성 : 3,052 / 위엄 : 621

선행 : 461

"음,"

카이는 조용히 고개만 끄덕이며 만족스러움을 표시했다.

'신성력이 거의 두 배로 뻥튀기되었네.'

기존에 16만 수준이던 신성력이 이번 연회로 인해 단번에 30만을 뛰어넘었다. 이제 자탄 레이드 때처럼 전투 시 줄어드는 신성력을 걱정할 필요는 없다는 소리.

'물론 장기전으로 가면 이야기가 달라지겠지만……'

이 방대한 신성력을 이용해 전력으로 싸우면, 오래 버틸 수 있는 존재는 많지 않을 것이다.

'좋아. 도시들의 정비만 끝나면 바로 사냥을 떠나자.'

카이는 영지관리 창을 보며 생각했다.

'리버티아는 이대로도 괜찮을 거야.'

지금 진행하고 있는 천하제일야장대회가 끝나면, 확실히 자리를 잡게 될 것이다. 아인종들의 발전된 문명과 예술을 전파하는 장소로 말이다.

'결국 해결해야 하는 건 아르칸과 하베로스야.'

하지만 이 문제에 대한 답은 이번 연회를 통해 모두 해결한 상태였다.

'야니르님. 만약 영지를 단기간에 성장시키려면 어떤 방법이 좋을까요?'

'흠, 그리 어렵지 않은 걸 묻는군. 권력자들이 혹할 만한 시설을 지어라.'

그런 당연한 걸 왜 묻느냐는 표정으로 대꾸하던 야니르의 얼굴이 아직도 선명하다. 그 대답을 듣고 난 카이가 떠올린 것은 단연 아카데미였다.

'저번 특별 경매를 보면서 깨달았어.'

이 게임의 권력자는 여전히 유저들이 아닌 NPC다.

유저들이 손가락만 빨면서 지켜볼 수밖에 없는 거대한 액수. 그것을 눈 하나 깜짝하지 않고 제시할 수 있는 것이 NPC들의 힘이다.

만약 대륙에 퍼져 있는 각 나라의 황족과 왕족, 그리고 귀족이나 대부호의 자제들이 다니고 싶어 안달 날 수밖에 없는 아카데미를 자신의 영지에 지을 수 있다면?

'그럼 뭐, 그때부턴 돈을 갈퀴로 쓸어담는 거지.'

결론을 내린 카이는 곧장 아르칸 영지로 향했다.

"······."

영지의 모습을 쳐다보던 카이가 눈살을 찌푸렸다.

"하워드, 이제부터 우리가 가려는 곳이 어디라고?"

"선샤이어 영지일세. 이곳에서 말을 타고 이틀을 달려야 나오지."

"끄응, 말이 없으니 꼬박 10일은 걸어야겠구먼."

"어쩌겠나. 이미 아르칸 영지는 회생 불가능일세."

"신임 영주는 오지도 않고, 그 와중에 다시 한번 전쟁이 일어난다니······ 끔찍하군."

"어서 가세나."

연이은 공성의 여파로 엉망이 된 시설들. 간단한 생필품을 넣은 보따리들을 수레에 싣고 피난길에 오른 주민들이 시야로 들어왔다.

두 남자의 대화를 듣던 카이가 그들에게 다가가며 물었다.

"저기, 죄송하지만 다시 한번 전쟁이 일어난다니, 그게 무슨 소리입니까?"

"음?"

카이의 행색을 빠르게 훑어본 주민은 수레를 계속 밀면서 입을 열었다.

"보아하니 모험가 신관 같은데, 가던 길 가시오. 대화를 들었나 본데, 그 내용 그대로요."

"그럼 전쟁이 일어난다는 게 확실한 건가요?"

"암. 아르칸 영지에서 사흘 떨어진 곳에 베이스커라는 도시가 있소. 그곳의 영주는 욕심이 얼마나 대단한지, 이곳까지 소문이 들려오더군."

"최근 아르칸 영지가 모험가들의 손에 넘어갔는데, 어느 날 갑자기 짐을 꾸려서 나가더라고. 영지 자체가 무주공산이나 다름없어진 게지."

"아하……."

확실히 카이는 워리어스 길드에서 영지를 받은 뒤에 방문을 한 적은 없었다. 하지만 그 짧은 시간에 이 땅을 욕심내는 자가 나타날 줄이야.

'며칠 되지도 않았는데…… 소문대로 욕심이 많은 작자네.'

머리를 긁적거린 카이는 영지를 떠나는 주민들을 지나치며 영주 저택으로 향했다.

굳게 닫혀 있는 저택. 한때는 잘 꾸며진 저택이었을지도 모르나, 돈 될 만한 것은 주민들이 다 떼어갔는지 마당부터 휑하기만 했다.

"얼씨구?"

심지어 저택의 현관에는 문고리조차 달려 있지 않았다.

'대체 영주 저택 관리를 어떤 식으로 했길래…… 아, 관리할

사람이 없었구나.'

　그 당연한 사실을 뒤늦게 깨달은 카이가 머쓱한 표정으로 현관문을 밀었다.

　'안쪽은 나름 깨끗한데 말이지.'

　저택의 내부는 확실히 깨끗했다. 바깥 풍경과 비교하면 누군가가 계속 관리해 왔다는 느낌이 들 정도로.

　"누구십니까……?"

　"히익!"

　누군가의 조용한 목소리가 1층을 둘러보던 카이의 등 뒤에서 울렸다. 저도 모르게 검 손잡이에 손을 올린 카이가 황급히 몸을 돌렸다.

　"음?"

　시야로 들어온 것은 검은색 정장을 빼입은 백발의 노신사였다. 가슴 부근에 붉은색 행거치프로 포인트를 준 것이 눈에 띄는 패션 스타일이었다.

　그는 카이를 쳐다보며 옅은 한숨을 내쉬었다.

　"한 몫 단단히 챙기려고 오신 거라면 당장 나가주십시오. 이미 돈 될 만한 물건은 모두 가져갔으니까요."

　"……그러는 그쪽은 누구십니까?"

　"저는 이 저택의 집사, 프레스콧이라고 합니다."

　"흐음. 마을 주민들은 모두 피난길에 오르던데요."

"할아버지 때부터 이 마을에서 자라며 영주님을 보필했습니다. 어차피 늙고 가족도 없는 몸, 저택 관리나 하다가 가고 싶군요."

삶의 의욕이라고는 눈곱만큼도 보이지 않는 목소리.

카이는 난처하다는 표정을 지으며 입을 열었다.

"일단 제가 누구냐고 물으신다면, 전 이 영지의 새로운 영주입니다."

"……진심이십니까?"

"돈 될 만한 것 하나 없는 영지의 주인이라고 할 만한 정신 나간 놈은 없을 것 같네요."

그가 했던 말을 그대로 응용하자, 프레스콧이 씁쓸하게 웃었다.

"아르칸 영지에 오신 것을 환영합니다, 영주님. 하지만……너무 늦으셨습니다."

"늦었다니요?"

"베이스커의 영주의 주인인 베이스커 남작은 벌써 몇 년 전부터 아르칸 영지를 눈독 들이고 있었습니다. 헌데 지난번의 몬스터 대침공으로 영지의 세가 급격히 기울고, 마침내 영지의 주인이 모험가로 바뀌자 야욕을 드러낸 것이지요."

"혹시나 해서 묻는 거지만, 이 영주에 전쟁을 치를 병력은……."

"없습니다. 굳이 따지자면 저 한 명 정도 있겠군요."

"……."

카이가 눈썹을 찡그렸다.

'워리어스 놈들, 설마 전쟁 치르기 귀찮아서 영지 넘긴 거 아니야?'

그게 사실이더라도 딱히 할 말은 없다. 그들이 노른자 땅을 거래 대상으로 척척 내놓을 거라고는 애초부터 생각하지 않았으니까.

"흐음. 영지전이라."

당연한 말이지만, 귀족 칭호를 유지하기 위해선 아르칸과 하베로스, 그 어느 영지도 잃어선 안 된다.

게다가 현재 아르칸의 영주는 카이. 그 어떤 길드도 소유하지 않고 있는 개인이었기 때문에, 마을의 병력이 전무한 이상 용병이라도 구해야 하는 상황이었다.

'프레이 길드나 성혈단 애들에게 말하면 달려와 줄 테지만.'

굳이 그럴 필요가 있을까?

우드득, 우드득.

며칠간의 휴식으로 몸의 컨디션을 최상으로 끌어올린 카이가 천천히 목을 꺾었다.

"말씀하신 대로 남작님께서 영지전을 준비하고 있다는 소문을 퍼뜨리자, 아르칸의 주민들은 모두 피난길에 올랐습니다. 수성을 할 만한 병력은 전무한 상태고요."

"흐흐. 예상대로군. 이래서 사람이 머리를 써야 하는 법이지."

"지당하신 말씀입니다. 역시 베이스커 남작님은 라시온 왕국의 지보(至寶)이십니다."

"거, 듣자 하니 사람 참!"

부하의 보고를 듣고 있던 베이스커 남작이 뜬금없이 목소리를 높였다. 이에 그의 충실한 오른팔, 바튼은 어깨를 움츠리며 고개를 푹 숙였다.

눈앞의 욕심 많은 남작은 찰나의 기분에 행동 양식이 바뀌는 인간이었으니까.

"피곤하게 사는 것 같군. 어찌 그리 맞는, 바른말만 하고 살 수 있는가? 허허."

"아, 아하하하……."

만족스러운 미소를 만면에 띤 베이스커 남작은 자신의 염소수염을 부드럽게 쓰다듬었다.

"그래서, 신임 영주에 대한 소식은 아직인가?"

"예. 아르칸 영지에 보낸 세작들이 꾸준히 정보를 보내오고는 있지만 영주라고 생각되는 자는 아직……. 아! 그리고 보니, 오늘 오후에 영주의 저택에 방문한 모험가가 하나 있었습니다."

"모험가?"

베이스커 남작의 눈빛이 반짝였다.

"그걸 왜 이제야 말하나? 아르칸 영지의 주인은 모험가라는 걸 까먹은 겐가?"

"아, 아니 그게…… 아마 영주는 아닐 겁니다. 그는 태양교의 신관이었습니다."

"신관? 확실한가?"

"예. 세작으로 보낸 이들의 실력이 상당합니다. 이쪽 업계에서는 제법 알아주는 이들이기도 하니 믿으셔도 좋을 겁니다."

"흐음."

잠시 고민을 하던 베이스커 남작은 천천히 고개를 끄덕였다. 확실히 세력도 없는 신관을 한 영지의 주인이라고 생각하기에는 힘들다. 생각을 끝낸 남작은 서랍에서 은화 하나를 꺼내 바튼에게 튕겼다.

"수고했네. 오늘 밤은 이걸로 좋은 술이나 한잔하게."

티잉!

허공에서 은화를 낚아챈 바튼의 표정은 썩 좋지 못했다.

'꼴랑 은화 하나로 생색은……'

은화 한 닢이면 시원한 맥주를 한 잔 사 마시면 동이 나는 액수다. 돈에 빠삭한 남작이 그 사실을 모를 리 없었다.

"음? 표정이 왜 그러나? 별로 기쁘지 않은 것 같은데?"

뭐 뀐 놈이 성낸다고. 자신이 얼마나 속 좁은 짓을 했는지를 알고 있는 남작은 도리어 화를 냈다.

이 상황에서 바튼이 취할 수 있는 행동은 한 가지뿐이었다.

"헤헤. 당연히 기쁩니다. 이 돈으로 어떤 술을 마실지 고민하고 있었습니다."

"허허. 난 또 오해를 했지 뭔가. 다음부터는 오해하지 않게 표정 관리를 좀 잘하게나."

"명심하겠습니다, 남작님."

"늦었으니 나가보게."

"예. 남작님 좋은 밤 보내십시오."

고개를 꾸벅 숙인 바튼이 집무실을 나가자, 베이스커 남작이 혀를 찼다.

"쯧쯧, 저놈도 욕심이 많아졌어. 예전엔 동화 하나만 던져줘도 간이고 쓸개고 다 내놓을 것 같더니. 슬슬 갈아치워야 하나……."

투덜거리던 베이스커 남작이 자리에서 일어나 침실로 갈 준비를 했다.

그때였다.

끼이이익. 위이이잉.

굳게 닫아놓은 창문이 삐걱대면서 열리고, 파리가 날아드는 소리가 들렸다. 일반인이라면 대수롭지 않게 넘길 수도 있는 일이었지만, 남작은 그럴 수 없었다.

'이, 이 소리는⋯⋯.'

얼음장처럼 꽁꽁 얼어버린 몸을 천천히 돌린 베이스커 남작이 창가를 눈에 담았다.

위이이잉.

열심히 날갯짓하며 빛살처럼 빠르게 움직이던 파리 한 마리는 곧장 사람의 형상을 취했다.

"오, 오셨⋯⋯."

"알아보라 했던 건 알아보았느냐."

머리부터 발끝까지 새카만 로브를 뒤집어쓴 남자가 다짜고짜 하대했다.

"예, 예. 물론입니다."

이에 황급히 두 무릎을 바닥에 꿇은 베이스커 남작은 쩔쩔매는 목소리로 대답했다.

누가 감히 상상이나 했을까. 자신의 영지에서만큼은 황제도 저리가라할 정도로 무소불위의 권력을 휘두르는 그가, 제 집무실에서 공포에 질릴 수 있다는 사실을.

"읊어라."

영주만이 앉을 수 있는 의자에 자연스럽게 앉은 흑의인이 퉁명스럽게 말했다.

"이, 일전에 말씀드린 아르칸 영지가 조건에 부합됩니다."

"모험가들이 차지했다는 그곳 말이냐?"

"예."

"하지만 지난번에 듣기로는 그곳을 차지한 모험가들의 세력이 강력하다고 들었다. 누누이 말했지만 이 일은 안전이……."

"걱정하지 마십시오! 본래 아르칸 영지를 차지한 곳은 워리어스라는 모험가 세력이었으나, 지금은 아닙니다."

"흠?"

새카만 로브를 뒤집어쓴 자가 흥미롭다는 목소리를 뱉어냈다.

"그들은 치열한 경쟁 끝에 아르칸 영지를 차지했다고 들었다. 그런데 그걸 쉽게 포기했다고?"

그의 의문은 당연한 것이었다. 그 누구라도 힘겹게 손에 쥔 보물을 이유 없이 놓지는 않을 테니까.

"자, 자세한 것은 모르지만…… 영지를 팔았다는 소문이 유력합니다."

"그래서, 새롭게 들어온 자는 누구지?"

"아직 모릅니다."

베이스커 남작이 고개를 휙 들어 올리더니, 당당한 목소리로 답했다.

"……모른다? 그런데 뭘 믿고 그리 당당하지?"

검은색 후드 아래에서 살짝 비친 그의 눈동자는 살벌했다.

그의 살기를 정면에서 마주한 베이스커 남작은 고개를 다시 바닥에 처박으며 떠듬거렸다.

"마, 말씀드린 대로입니다. 이전의 주인은 진작 떠나갔는데, 아직 새로운 주인이 들어서지 않았기에 정체는 모, 모릅니다."

"새로운 영주가 아직도 영지에 방문하지 않았다고?"

"예. 여기저기 사람을 풀어 정보를 모아보기는 했습니다만……."

흑의인이 계속해 보라는 듯 턱을 까딱이자, 남작이 서둘러 말을 이었다.

"자세한 건 모르지만 새 주인도 모험가라는 것을 알아냈습니다. 그것도 변변한 세력이 없는 자 같았습니다."

"아아, 무슨 경우인지 알 것 같군."

흑의인은 더 이상의 설명은 필요 없다는 듯, 손사래를 쳤다.

"이 일을 하다 보면 그런 경우는 제법 자주 보게 된다. 돈이 많은 모험가가 귀족이 된 기분을 느끼고 싶어서 영지를 구매하는 경우 말이다. 물론 그것도 며칠 안 가 흥미를 잃는 것 같지만 말이지."

"그렇군요. 하여튼 모험가 놈들이란 정말 제멋대로입니다……."

"그들의 제멋대로인 성정 덕분에 우리가 이리 재미를 보고 있는 것이지."

"지당하신 말씀이십니다."

베이스커 남작은 간신배처럼 흑의인의 비위를 열심히 맞췄다.

"아! 그러고 보니 오늘 오후에 영지에 방문한 모험가가 하나 있었다고 들었습니다. 영주는 아닌 것 같지만…… 영주의 저택에 들어갔다는 보고를 받았습니다."

"영주의 저택에 모험가가?"

"예. 태양교의 신관이라고 하더군요."

그 얘기를 듣는 순간, 흑의인이 피식 웃음을 터뜨렸다.

"그놈은 영주다."

"예? 하지만 그걸 어떻게……?"

"이유는 모르겠지만 모험가들은 영주의 저택에 함부로 들어가지 못해. 제집처럼 드나들었다는 건 놈이 그 저택에 들어갈 자격이 있음을 의미한다."

흑의인의 분석은 정확했다. 플레이어는 자신이 소유한 영지가 아닌 이상, 영주의 저택에 방문할 때 반드시 '허락'을 구해야 했다.

"아아! 그렇다면 그 신관 녀석이 영주라는 뜻이군요?"

"그렇다. 이거 일이 쉽게 풀리려나 보군."

흑의인이 의자를 박차고 일어났다. 그는 베이스커 남작에게 천천히 걸어왔다.

"오늘 밤, 아르칸 영지의 주인은 죽음을 맞이할 것이다."

"단장님께서 나서주신다면 당연한 일이지요. 하지만…… 상대는 불사의 축복을 지닌 모험가입니다. 죽으면 죽었지 영지를 쉽게 포기하지는 않을 겁니다."

"큭, 모험가를 상대로 영지를 빼앗는 법은 의외로 쉽다. 궁금하느냐."

꿀꺽.

침을 크게 삼킨 베이스커 남작이 고개를 끄덕였다.

"아, 알고 싶습니다."

"방법은 간단하다. 모험가들이 가장 두려워하는 게 무엇인줄 알면 되는 것이지. 그게 뭔지 알겠나?"

"음…… 아무래도 권력자 아니겠습니까? 모험가들이 아무리 뛰어나 봤자 결국 권력자의 손짓 한 번이면 다 떨어져 나갈 테니까요."

"틀린 말은 아니다. 하지만 그들이 권력보다 더 아끼는 것이 있지."

흑의인이 기다란 손을 뻗어 무언가를 쥐는 제스처를 취했다.

"바로 목숨이다. 아이러니하게도, 불사의 축복을 받은 그들은 죽음을 가장 두려워하지."

모든 플레이어는 죽는 것을 꺼려 한다.

접속 페널티와 경험치 하락, 운이 나쁘면 아이템 드랍까지. 고레벨이 될수록 하나하나가 뼈아프게 다가오는 일들뿐이다.

"그렇기 때문에 우리는 그들에게서 더욱 쉽게 영지를 빼앗을 수 있었던 것이다."

화르르륵.

흑의인의 손끝에서 칠흑의 불꽃이 선명하게 타올랐다.

"놈들을 죽이고, 되살리고, 죽이고 되살리고……. 이 행동을 반복하면 놈들은 기가 질려서 영지를 내어주게 되어 있거든."

"오, 오오! 과연 뮬딘교의 암살단장님답습니다."

"뭐, 무한정 사용할 수 있는 권능은 아니지만 말이지."

어깨를 들썩이며 이죽거린 흑의인이 베이스커 남작에게 명령했다.

"네놈은 다음 타깃을 알아보고 있어라. 뮬딘의 뜻이 이 땅에 퍼질 날이 머지않았다."

"명심. 또 명심하겠습니다."

뮬딘 교의 성호를 그린 베이스커 남작이 눈을 떴을 때는, 파리의 날갯짓 소리가 빠르게 멀어졌다.

"이게 영주 저택이냐."

그 흔한 침대조차 없는 영주의 침실!

덕분에 카이는 저택의 침실에서 노숙을 하는 신박한 경험을 할 수 있었다.

'후우. 내가 사치를 즐기는 인간은 아니지만…….'

세간에서도 자수성가의 대표라고 떠들어대는 자신이라면, 적어도 침대에서 자는 사치 정도는 부릴 수 있지 않을까?

게임에서 침대가 웬 말이냐고 물을 수도 있지만 사실 플레이어에게 잠자리는 무엇보다 중요했다.

'이런 돌바닥에서 자면 나중에 재접속했을 때 기분이 영 별로인데.'

십중팔구 목 결림이나 피곤함이라는 디버프까지 생겨날 것이다. 물론 카이에게 있어 디버프란 있으나마나한 것이기는 하지만.

'후우, 오늘은 뭐 어쩔 수 없나.'

프레스콧이 준비해 준 보자기 몇 개를 바닥에 깐 카이는 그곳에 누우며 생각했다.

'일단 다른 건 모르겠고, 내일 당장 저택 인테리어부터 한다.'

확고한 생각을 하고는 로그아웃을 준비하려던 순간, 창문이 열리는 소리가 들려왔다.

'이놈의 영주 저택. 이제는 창문까지 멋대로 열려?'

찌그러진 캔처럼 인상을 구긴 카이는 열린 창문을 닫기 위해 창가로 향했다.

"음?"

위이이잉.

카이의 시야로, 창문을 향해 빛살처럼 날아오는 파리 한 마리가 보였다. 조금의 과장도 보태지 않고, 파리는 정말 섬전(閃電)과도 같은 속도를 지니고 있었다.

'뭐야, 엄청 빠르잖아?'

현실이었다면 날아다니는 것을 눈치채지도 못했을 터.

하지만 게임에서의 카이는 태양의 신체로 날카로운 감각을 각성한 상태였다.

그뿐만이 아니었다.


**[지평선의 목격자 효과가 발동 중입니다.]**
**[안력이 큰 폭으로 향상되었습니다.]**


신들의 연회 이후, 다양한 신들의 가호가 그를 보필하는 중이었다.

다음 순간, 카이의 손바닥이 벼락처럼 움직였다.

짜악!

파리다운 최후를 맞이하는 파리.

"미드 온라인에도 파리가 있구나. 직접 보는 건 처음이네."

아무렇지도 않게 중얼거린 카이는 삐걱거리는 창문을 굳게 닫았다.

그때였다.

띠링!

[묠딘 교의 암살단장, '카쿤'을 처치합니다.]

[암살단장이 사망하면서 자신을 처치한 이에게 저주를 내립니다.]

[상태 이상, '암흑의 인장'에 걸립니다.]


"뜬금없이 뭐래? 햇살의 따스함."


[상태 이상, '암흑의 인장' 효과가 사라졌습니다.]


알 수 없는 메시지들에 고개를 갸웃거린 카이는 눈을 깜빡이며 중얼거렸다.

"버그인가."

어깨를 으쓱거린 카이는 자신을 기다리는 바닥으로 돌아가 잠을 청했다. 다음 날, 게임에 접속한 카이는 자신의 예상이 적중했음을 깨달았다.

띠링!


[차가운 바닥에서 잠들어 상태 이상, '담'에 걸립니다.]

[딱딱한 바닥에서 잠들어 상태 이상, '목 결림'에 걸립니다.]

[난방이 되지 않는 장소에서 잠이 들어 상태 이상, '감기'에 걸

**립니다.]**

"엣취."

자신의 의지와는 상관없이 나오는 기침.

힐 스킬 한 번으로 디버프를 깨끗하게 지워낸 카이는 1층으로 내려갔다. 창가에 응당 달려 있어야 할 커튼은 모두 떼어갔기 때문인지. 여과없이 들어온 아침 햇빛이 바닥과 인사를 나누는 중이었다.

"일찍 일어나셨군요, 영주님."

"……프레스콧도 일찍 일어났네요."

"원래 늙을수록 잠이 없어지는 법이지요."

낡은 식기와 찻잔이 담긴 수레를 밀고 온 프레스콧이 물었다.

"아쉽게도 재료가 없어 식사 준비는 하지 못했습니다. 커피는 있습니다만."

"진한 걸로 한 잔 주세요. 아직 정신이 좀 멍하네요."

"알겠습니다."

능숙한 손놀림으로 그 자리에서 커피를 내린 프레스콧이 낡은 찻잔에 이를 따랐다.

"찻잔이 변변치 못해 죄송합니다."

"에이, 이게 프레스콧 잘못인가요. 너무 걱정하지 마세요. 오늘 중으로 해결할 테니까."

"예?"

카이는 영문도 모른 채 반문하는 프레스콧을 바라보며 찻잔을 홀짝였다.

"아마 오늘 이 영지에는 많은 변화가 있을 거예요."

"예에……."

"그리고 고맙다는 말씀을 드려야겠네요. 모든 사람이 떠날 때, 마지막까지 남아주셨으니까."

"별말씀을. 이곳은 저의 고향이기도 합니다."

멋들어진 미소를 지은 채 잔을 묵묵히 닦아 나가는 프레스콧. 노년의 신사는 오늘도 정갈한 정장을 입고 아침부터 열심히 일을 해나갔다.

잠시 그를 쳐다보던 카이가 불쑥 질문했다.

"프레스콧이 봤을 때 현재 영지에 가장 필요한 건 뭔가요?"

"……질문이 잘못되었습니다."

"예?"

"지금의 아르칸 영지에 무엇이 필요한지보다, 무엇이 있는지를 묻는 게 더 빠를 겁니다."

사람 좋게만 보이던 프레스콧이 돌연 묵직한 팩트를 날렸다. 물론, 이에 타격을 받거나 자존심이 상할 카이가 아니었다.

"그렇군요. 이거 원, 하나부터 열까지 새로 시작한다는 마음으로 해야 하나."

조용히 중얼거린 카이는 아르칸의 지도를 불러냈다. 홀로그램으로 표시된 지도는 확실히 횡했다.

'프레스콧의 말이 맞아. 영지에 무엇이 필요한지를 묻는 것보다, 뭐가 있는지를 묻는 게 훨씬 빠르겠어.'

현재 아르칸 영지에는 변변한 시설이 단 하나도 없었다. 침공 이벤트 때 몬스터의 침공을 받아 한 차례 멸망한 영지. 그 뒤에는 수많은 유저와 NPC들이 모여 땅을 차지하기 위해 공성전을 벌였던 장소다.

당연히 영지의 몰골은 폐허와 다를 바 없었다.

'아르칸의 상태가 이 정도라면, 하베로스도 비슷하려나.'

상상만 해도 머리가 지끈거렸다.

이래서 거추장스러운 직책은 맡고싶지 않았던 건데…….

옅은 한숨을 내쉰 카이는 프레스콧에게 고개를 돌리며 물었다.

"그런데 프레스콧. 집사는 보통 무슨 일은 하는 겁니까?"

소설이나 만화, 영화 등에서 자주 본 적이 있다. 하지만 카이는 집사가 정확히 어떤 일을 하는 직종인지는 잘 알지 못했다.

"집사란 집안일을 돌보는 사람을 의미합니다."

"예를 들면요?"

"흠."

짧은 콧바람을 내쉰 프레스콧은 무언가를 그리는 듯한 깊은 눈빛으로 저택을 빙 둘러봤다.

"가장 기초적인 건 가사입니다. 휘하에 고용인이 있다면 그들의 관리를 하겠으나, 지금의 아르칸 영지처럼…… 아, 죄송합니다. 영지의 재정이 좋지 않아 고용인들을 부릴 수 없는 경우, 직접 청소와 빨래, 식사 준비부터 마당 손질까지 도맡아 할 수 있습니다."

"와, 집사가 되려면 그걸 다 할 수 있어야 하는 건가요?"

"자랑은 아니지만 저 같은 사람이 흔하지는 않지요."

어깨를 으쓱거린 프레스콧이 제 콧수염을 살짝 쓰다듬었다.

"그뿐만이 아닙니다. 도련님이나 아가씨의 예절 수업을 가르치는 것은 물론, 전담 선생님이 붙거나 아카데미에 들어가기 전까지는 기초적인 공부의 선생 역할을 도맡아 할 수 있습니다."

"다재다능하시네."

"아까도 말씀드렸지만, 저 같은 사람이 흔하지는 않습니다."

노년의 신사는 자신의 인생에 굉장한 자부심을 품고 있는 것 같았다.

'다재다능한 인력. 거기다가 충성심까지……'

카이의 사람을 보는 눈은 제법 명확한 편이었다. 그런 그가 볼 때 프레스콧은 이런 저택의 청소나 하고 있기에는 상당히 아까운 인재였다.

생각을 정리한 카이가 그의 의중을 살폈다.

"혹시 다른 일 알아보실 생각은 없으세요?"

멈칫.

식기를 정리하던 프레스콧의 움직임이 돌연 멈췄다. 그는 잠시 입술을 달싹이더니, 떨리는 음성으로 질문했다.

"해고…… 통보입니까?"

"예? 아니에요."

그의 오해에 손사래를 친 카이가 자세히 설명했다.

"권력자들의 자제들을 위한 아카데미 말씀이십니까?"

카이의 원대한 계획을 들은 프레스콧이 두 눈을 동그랗게 뜨며 되물었다.

"아카데미라…… 확실히 이곳의 입지 조건이 나쁘지는 않습니다."

아르칸 영지는 어느 것도 볼 것 없는 시골이다. 달리 말하면 학업에 집중하기 좋은 장소라는 뜻.

"하지만 아카데미를 건설하는 데에는……."

프레스콧이 잠시 주저했다. 눈앞의 새로운 모험가 영주는 항상 자신감이 넘쳐 보였고, 당당했다.

'과연 내가 이런 말을 해도 될런지.'

하지만 아카데미를 건설하는 건 단순히 건물 하나를 짓는다고 능사가 아니다. 콧대 높은 귀족가와 대부호, 심지어는 로얄 블러드라 불리는 황가의 핏줄을 이은 자제들. 그들을 만족

시킬 수 있을 정도의 예술적 가치가 있는 건물들이 즐비해야
한다.

그뿐만이 아니다. 학생들이 학교 생활에 불편함을 느끼지
않도록 다양한 편의 시설들이 갖춰져 있어야 했다.

'그 모든 것에 기본적으로 들어가는 것은 돈.'

그것도 한, 두 푼 정도의 돈이 필요한 게 아니다. 시설의 규
모나 퀄리티에 따라선 차라리 영지 몇 개를 사는 게 저렴하게
먹힐 수도 있을 정도.

'그래도 이 부분만큼은 확실하게 말씀을 드려야 된다.'

그것이 카이를 위한 배려라고, 프레스콧은 생각했다. 헛된
꿈이라면 일찍 접는 것이 스스로에게도 이로운 법이니까.

"프레스콧, 무슨 문제라도 있습니까?"

프레스콧의 얼굴 위로 떠오른 갈등을 쳐다보던 카이가 먼저
물었다.

이에 용기를 얻은 프레스콧이 조심스럽게 말을 꺼냈다.

"저, 영주님. 계획은 정말 좋습니다. 하지만 치명적인 장애물
이 하나 있습니다."

"그게 뭔가요?"

"바로 자금입니다. 아카데미 시설의 건축에는 천문학적인
돈이 들어갈 것입니다."

"아, 그래요?"

그의 고민을 들은 카이는 빙그레 미소를 지으며 대꾸했다.

"전 또 뭐라고. 별문제 아니네요."

그는 지갑에 소국의 1년 예산이 넘는 돈을 들고 다니는 남자였다.

To Be Continued